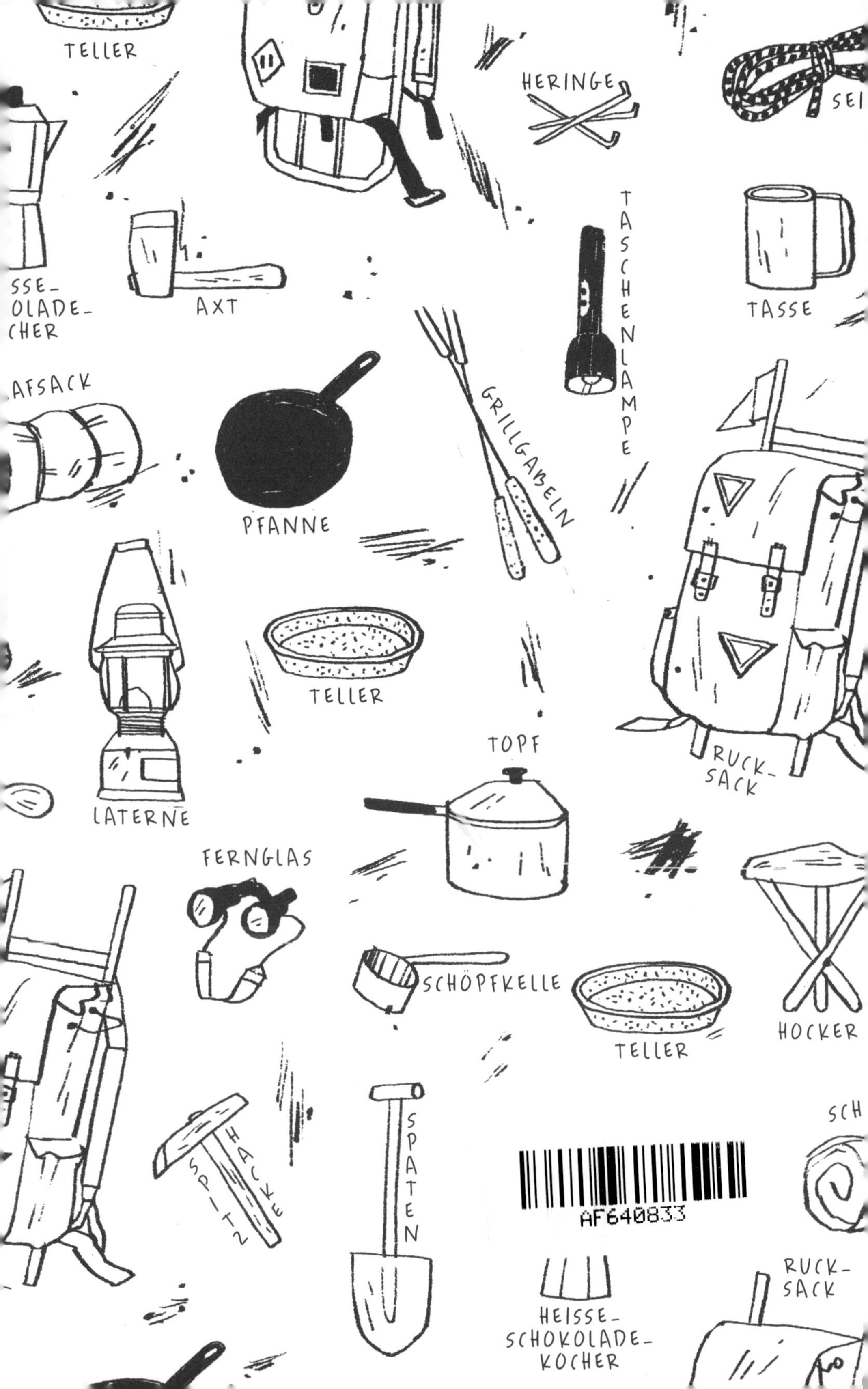
TELLER
HERINGE
TASCHENLAMPE
AXT
TASSE
PFANNE
GRILLGABELN
TELLER
TOPF
RUCK-SACK
LATERNE
FERNGLAS
SCHÖPFKELLE
TELLER
HOCKER
HACKE
SPITZ
SPATEN
HEISSE-SCHOKOLADE-KOCHER
RUCK-SACK

Amy Timberlake

DACHS UND STINKTIER
suchen einen Schatz

AMY TIMBERLAKE

DACHS UND STINKTIER SUCHEN EINEN SCHATZ

MIT BILDERN VON JON KLASSEN

Aus dem Englischen von
Uwe-Michael Gutzschhahn

cbj

Für Phil

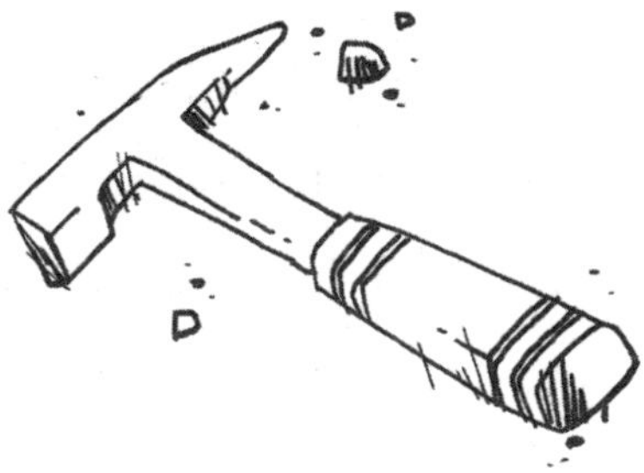

1. KAPITEL

Klopf-klopf. Klopf-klopf-klopf.

Das Klopfen kam von der Dachbodentür, der Tür zu Dachs' neuem Steinezimmer.

Es war Stinktier, sein Mitbewohner. Dachs würde ihn ignorieren. *Der geht schon wieder*, dachte er. *Wichtige Steinforschung – konzentrier dich, konzentrier dich, konzentrier dich.* Dachs biss die Zähne zusammen und beugte sich auf seinem Schemel vor. Er schob die Spezialarbeitslampe zurecht und legte das nicht identifizierte Objekt auf den Steinetisch.

Er warf einen Blick auf die Liste, die er in sein Wichtiges-Steinforschungs-Notizbuch gekritzelt hatte:

— vulkanisch?

— granulare Grundsubstanz — grünlich

— rote Einsprengsel STARK FUNKELND

Er sah das Objekt an. Er las die Liste erneut. Er fuhr mit der Pfote über eines der Einsprengsel und dachte: *Es ist so weit.*

Ja, es war so weit für die erste Frage: Stein oder Mineral? Mineral oder Stein? Minerale bestehen nur aus einem Basisstoff – einem Element oder einer »Elementverbindung«, wie es die Steinforscher nennen. Minerale neigen zu einer gewissen Gleichförmigkeit. Steine sind dagegen Verbindungen – eine Verbindung von Mineralen oder eine Kombination von Stein und Mineral. Zwei miteinander verbundene Minerale? Stein. Fünf Minerale mit einem Stein vermischt? Ebenfalls Stein.

Die Frage »Stein oder Mineral« stellte man am besten laut. Danach folgte das In-die-Luft-Werfen des Forschungsobjekts. Sobald Dachs das Objekt wieder auffing, stieß er mit donnernder Stimme die Antwort hervor.

Seine Ohren drehten sich in Richtung der Tür. *Nichts.* Deshalb öffnete er den Mund, atmete ein und –

Klopf-klopf-klopf.

Das Klopfen war beharrlich – wie immer.

Dachs atmete aus und wartete auf das, was kommen würde – wie immer.

Und da kam es auch schon. »Dachs?« *Klopf-klopf. Klopf.*

Dachs legte den Kopf auf den Steinetisch. Er hatte gedacht, wenn er das Steinezimmer so weit wie möglich vom Wohnzimmer entfernt einrichtete, zum Beispiel auf dem Dachboden,

Dachs? Bist du da drin? Dachs?

würde das helfen. *Gute Strategie!*, hatte er geglaubt. Damals hatte er an der Kette der einzigen Glühbirne gezogen und ein Wirrwarr aus Pappkartons, kaputten Koffern, ausgedienten Möbeln, einem Aquarium, einem Stapel Ölbilder und einer klauenfüßigen Badewanne voller Hüte war zum Vorschein gekommen.

Dachs drehte den Kopf zur Seite und inspizierte die Badewanne. Die Wanne hatte sich geweigert, beiseite geräumt zu werden, weshalb Dachs das Badewannendrittel des Dachbodens zur nützlichen Rumpelkammer erklärte – mit dem zusätzlichen Vorteil, dass die Kammer das Geräusch des Steinpolierers dämpfte. Danach hatte er die verbliebenen zwei Drittel des Dachbodens für sein Steinezimmer freigeräumt.

Aus dem Gerümpel waren ein Stuhl und eine Lampe herübergewandert. Der Billardtisch eignete sich perfekt dazu, geologische Übersichtskarten auszurollen, und der Schirmständer, um sie zu lagern. Dachs hatte die Wandschränke auf dem Dachboden genutzt und die Schubladen mit weichem Filz ausgekleidet für seine Handlinsen, Vergrößerungsgläser, sein Mehrzweck-Klappmesser, die Schaber, Ahlen und den feinen Staubbläser. Er hatte Haken für Hämmer und Meißel angebracht. Erst als das alles fertig war, hatte Dachs die Schachteln mit den Steinen und Mineralen, seinen Tisch, den Schemel und die Arbeitslampe zwei Stockwerke hoch auf den Boden geschleppt.

»Wochenlange Arbeit«, stöhnte Dachs, als er jetzt daran zurückdachte.

Klopf-klopf-klopf! Klopf! »Dachs? Bist du da drin? Dachs?«

Dachs ignorierte es und betrachtete, was einmal eine lange fensterlose Wand gewesen war. Er hatte sie mit Regalen bestückt. Er hatte einen Strahler nach dem andern installiert. Er hatte Namensschilder beschriftet und passende Aufsteller gefunden – einen für jedes Exemplar.

Dachs hob den Kopf. Er schob sich vom Steinetisch weg. Die Räder des Schemels klackerten über die unebenen Holzdielen.

»Dachs, bist du das?«

Dachs stand auf. Der Schemel rollte weiter.

Klopf-klopf!

Dachs trat auf die Wand zu und drückte den Lichtschalter.

Tada, Dachs' Ruhmeswand der Steine! Unter jedem Strahler leuchtete ein Stein auf – jeder außergewöhnlich, einzigartig, selten und unvergleichlich. Das Kupfer schimmerte. Das Katzenauge funkelte, der Labradorit pulsierte farbenfroh wie so ein durchsichtiger Tiefseefisch. »Ja«, flüsterte Dachs. Dann fiel sein Blick auf den leeren Aufsteller am Anfang der Ruhmeswand und er spürte einen sengenden Schmerz. Blitzschnell schaute er weg.

Ein Gemurmel von der anderen Seite der Tür: »Scheint so,

als wenn er da drin ist. Er ist nicht in seinem Zimmer. Unten ist er auch nicht. Und er ist eindeutig nicht in der Küche – wo er sonst immer ist.«

Dachs runzelte die Stirn. *Ich bin nicht* immer *in der Küche*. Er legte eine Pfote auf den Knauf und riss die Tür auf.

»Was ist?«

Stinktier, der die Hand auf dem entgegengesetzten Knauf liegen hatte, flog in das Zimmer, zusammen mit einem Pfannenheber, der ihm aus der Hand fiel, und einem Schneebesen, der an Dachs' Ohr vorbeischoss.

Stinktier fing sich noch gerade vor einem Sturz und grinste. »Du bist ja doch da. Ich wusste es! Lustig, wie ich durch die Tür geflogen bin, was?«

Dachs betrachtete die Schürze voller Flecken und Spritzer und den wilden Zacken in Stinktiers Fellstreifen. Jede einzelne Silbe betonend sagte er: »Die Tür war *zu*.« Dachs schwenkte eine Pfote in Richtung Steinetisch (mit dem bereitliegenden Werkzeug, dem zur Seite geschobenen Notizbuch und einem noch nicht klassifizierten Objekt unter dem Licht der Lampe). »Wichtige Steinforschung?«

Stinktier seufzte. »Das schon wieder? Du glaubst, eine geschlossene Tür ist so einfach zu verstehen. Aber wie ich dir schon einmal erklärt hab, kann eine geschlossene Zimmertür mehrere mögliche Szenarien bedeuten. Szenario eins: Du sitzt an einer Wichtigen Steinforschung. In diesem Szenario darf man nicht klopfen und die Tür auch nicht unerwartet öffnen – noch nicht mal, wenn das Mittagessen auf dem Teller ist und schnell kalt wird. Dann wäre da noch Szenario zwei: Du holst dir beim Kraut & Eier-Imbiss eine Pastete auf die Pfote. Du bist also nicht da, aber die Tür zu deinem Steinezimmer ist trotzdem geschlossen.« Stinktier verschränkte die Arme. »Dachs, es ist echt nicht einfach, den Unterschied zwischen Szenario eins und Szenario zwei zu erraten. Wenn du Anklopfen nicht magst, solltest du die Situation klären.«

Dachs trat unruhig von einem Fuß auf den andern. »Mittagessen? Auf dem Teller? Und wird kalt?«

Aber Stinktiers Aufmerksamkeit wurde auf einmal von etwas anderem gebannt. »Schau dir diese Steine an!« Er sprang auf die fensterlose Wand zu. Er schob seinen Kopf dicht an ein Regal und blinzelte hoch. »Ein Strahler – ein Stein, ein Strahler – ein Stein, ein Strahler – ein Stein.« Er nickte zu Dachs. »Echt clever – deshalb leuchten die Steine.«

Dachs selbst strahlte auch.

Stinktier las jetzt die Namensschilder. »Neptunit … Ob-sidian … Pyrit …« Dann trat er zurück und trommelte sich leicht gegen das Kinn. »Alphabetisch! Du hast die Steine in alphabetischer Reihenfolge sortiert.«

Dachs nickte selig. »Steine, in alphabetischer Reihenfolge

präsentiert, haben so etwas Befriedigendes. Ich nenne es …« Dachs legte eine dramatische Pause ein. »… meine Ruhmeswand der Steine.«

»Ruhmeswand der Steine – schön! Den Hühnern wird deine Ruhmeswand gefallen«, sagte Stinktier.

Dachs blinzelte. »Hühner in meinem Steinezimmer? Schon wieder?« Dachs erinnerte sich mit Grauen an das letzte Mal, als die Hühner in sein Steinezimmer eingedrungen waren. Der *Hühnerputsch!* Doch dann fiel ihm das winzige orange Huhn ein, das nicht größer als ein Stiftebecher war. *Hm.* Dem winzigen orangen Hühnchen würde er seine Ruhmeswand der Steine vielleicht zeigen.

Stinktier deutete auf den leeren Aufsteller. »Wo ist *A*?«

Nein, nein, nein, dachte Dachs. Er sah absichtlich nicht hin.

Stinktier machte mehrere Schritte auf die Ruhmeswand zu und deutete erneut auf den Platz. »Siehst du das, Dachs? Genau hier fehlt der Stein mit dem Buchstaben *A*. Ist ja schön, Steine alphabetisch zu sortieren, aber wo ist der mit *A*?«

Gezwungenermaßen schaute Dachs jetzt doch hin. Der Anblick des leeren Aufstellers stach ihm ins Herz. Er räusperte sich. »Ach, der. Ja. Der steht für Achat. Der, äh, der Achat wurde gestohlen.« Dachs schluckte, als er sich an ihn erinnerte. Wirbel und Augen! Dunkle, verborgene Tiefen! So groß wie eine geballte Pfote! Dachs erinnerte sich an die Kühle, wenn er den Achat hielt. Er hatte oft in ihn hineingeblickt und sich die Geburt des Planeten Erde ausgemalt. »Ich nannte ihn meinen Spinnenaugen-Achat.«

Stinktier runzelte die Stirn. »Willst du sagen, der Stein mit dem Buchstaben *A* ist *weg*?«

»Geklaut, gestohlen, entwendet – ja«, flüsterte Dachs.

»Wie schade«, sagte Stinktier. Er schwieg, dann beugte er sich vor und sah Dachs ernst an. »Leg einfach einen anderen Achat hin, Dachs. Anfänge sind wichtig. Du kannst keine Lücke am Anfang von deiner Ruhmeswand der Steine lassen.«

Dachs schluckte. »Meinen Spinnenaugen-Achat ersetzen?«

Stinktier riss die Augen auf. »Du meinst, du hast nur einen Stein für den Buchstaben *A*?«

Dachs nickte schwach.

Stinktier schluckte, dann legte er los. »Es gibt mehr als einen richtigen Stein für den Buchstaben *A*. Genauso wie es mehr als eine richtige Art gibt, einen Blumenkohl zu überbacken. Warum gibt es sonst so viele Besserwisser-Kochbücher, die einem alle die richtige Art zu kochen erklären?«

Dachs hörte nicht mehr zu – so gerne er aß (und viel aß) –, wie das Essen auf den Tisch kam, interessierte ihn nicht die Bohne. Umso mehr fräste sich die Erinnerung durch sein Hirn, wie er den Spinnenaugen-Achat verloren hatte: Das große Haus von Tante Lula. Das große Familien-Treffen. Der Spinnenaugen-Achat nicht auf dem Nachttisch. *Wo ist er? Wo ist er?* Alles auf den Kopf gestellt (zur Seite geschoben, ausgeschüttet, durchwühlt, durchwühlt, durchwühlt). Dann hatte er *diese* Stimme gehört: »Suchst du *den* hier?«

Dachs hatte sich umgedreht und seinen Vetter Fischmarder gesehen, der in der Tür stand. Der Spinnenaugen-Achat lag in seiner ausgestreckten Pfote. Lässig warf Fischmarder den Achat in die Luft … und fing ihn wieder auf. Der Stein machte ein klatschendes Geräusch, als er in seiner Pfote landete. Wurf, *klatsch.* Wurf, *klatsch.* Dachs' Herz wummerte bei jedem Wurf und fühlte Erleichterung, wenn Fischmarder den Achat *(klatsch)* auffing.

»Bitte gib ihn zurück«, sagte Dachs so ruhig wie möglich und streckte die Pfote aus.

Wurf, *klatsch.* Fischmarder lächelte, ließ den Stein in die Tasche seiner Schuluniform gleiten und hob eine Augenbraue. »Was man gefunden hat, darf man behalten«, sagte er.

Tante Lula, die Lieblingstante von Dachs, hatte nicht verstanden, wieso er das Treffen der Marderfamilie früher verließ. »DuverlässtsiewegeneinemStein? WasistmitdeinerFamilie?«

Fischmarder!, dachte Dachs.

(Oder dachte zumindest, er hätte es gedacht.)

»Was hast du gesagt?«, fragte Stinktier.

Hatte er etwa laut gedacht? »Nichts, gar nichts«, sagte Dachs.

Stinktier zog die Augenbrauen zusammen. »Klang wie ›Fisch‹. Ich würde Fisch genauso wenig essen wie dich.«

In Dachs' Kopf drehte sich alles. *Einen Fisch würde ich schon essen.*

Stinktier wartete.

Dachs hatte das vage Gefühl, sich bei den Fischen entschuldigen zu müssen. Er wechselte das Thema. »Du hattest geklopft. Wolltest du was?«

»O ja. Hätte ich fast vergessen. Finanzielle Mittel – ich brauch Geld, Münzen, Scheine.« Stinktier sah Dachs erwartungsvoll an. »Die Rinder nehmen keine Muffins, hab ich schon versucht.«

»Geld für *Rinder*?«

»Nicht für Rinder. Für ein Abo der *Hühnerfurter Rindschau.* Die Situation ist nicht mehr tragbar.« Stinktier nickte, als ob die Sache entschieden wäre.

Dachs öffnete den Mund, um zu protestieren, aber Stinktier sagte schnell: »Jeden Sonntag geh ich zur Buchhandlung Hühnerbücher, um mir die Sonntagsausgabe der *Hühnerfurter Rindschau* zu holen, aber immer gibt es Probleme! Einmal hatte Hühnerbücher keine Sonntagszeitungen mehr! Einmal erwischte ich eine, aber wo war die Literaturbeilage? Sie war nicht drin! Ich warf einen Zeitungsteil nach dem andern zur Seite. Nichts! Doch was soll ich mit der Sonntagsausgabe der

Hühnerfurter Rindschau, wenn die Buchbesprechungen fehlen? Die sind doch das Beste an der ganzen Zeitung!« Stinktier sah Dachs an und trommelte energisch mit dem Fuß. »Uns bleibt keine andere Wahl. Wir müssen die Zeitung abonnieren.« Er brach ab und murmelte dann vor sich hin: »Ich versteh ja nicht, wieso Rinder keine Muffins nehmen. Schließlich ist die beste Bezahlung doch eine, die schmeckt. Das weiß ja nun wirklich jeder.«

Dachs seufzte und warf einen sehnsüchtigen Blick zu dem Objekt auf seinem Steinetisch. Die roten Einsprengsel funkelten verführerisch. Die erste Frage – Stein oder Mineral – war noch nicht gestellt!

Er kam auf den Punkt. »Wie viel brauchst du?«

Stinktier sagte es ihm.

Dachs antwortete bereitwillig ja.

»Ich bin froh, dass das geklärt ist«, sagte Stinktier. Er grinste Dachs an. »Dir werden die Besprechungen auch gefallen. Rinder sind die besten Buchkritiker der Welt. Es ist diese stiernackige Intelligenz, die jedes Mal den Nagel auf den Kopf trifft. Ist wirklich beeindruckend.«

Und schon war Stinktier mit einem Sprung wieder an der Tür. Er schnappte sich seinen Schneebesen und danach den Pfannenheber vom Boden. »Dünn und biegsam – praktischer als du glaubst«, sagte er und bog den Pfannenheber hin und her. Dann steckte er beides in die Schürze. »Ich muss die Raketenkartoffel noch gießen. Hab ich dir erzählt, wie sehr sie sich über ihren Topf auf der Gartenveranda freut?« (Raketenkartoffel war eine kleine Kartoffel, die mal aus einer Schüssel geschossen war. Stinktier und Dachs hatten sie später eingepflanzt.)

Stinktier wartete die Antwort nicht ab. Er sah Dachs an: »Mittagessen gibt es um zwölf – pünktlich.« Ohne ein weiteres Wort sprang er zur Tür hinaus.

Dachs' Magen rumorte. Die Uhr zeigte acht nach elf. Noch zweiundfünfzig Minuten bis zum Essen.

Wichtige Steinforschung!, dachte Dachs eilig. Er ging an seinen Steinetisch und nahm das nicht identifizierte Objekt hoch. »Stein oder Mineral?«

Er drehte das Objekt in den Pfoten und sagte laut: »Mineral oder Stein? Stein? Mineral?«

Dann warf er es in die Luft.

Es flog hoch.

Es kam runter.

Es landete in seiner Pfote.

»STEIN!«, brüllte Dachs.

2. KAPITEL

Mittagessen? Dachs zögerte, dann streckte er den Kopf zur Küchentür herein.

Stinktier stand am Herd, die Schürzentasche mit Briefumschlägen vollgestopft. Die Dunstabzugshaube rauschte. Auf den Herdflammen zischelten zwei Bratpfannen und ein Topf blubberte. Stinktier schien gleichzeitig zu kochen und die Briefe durchzusehen, die mit der Vereinigten Pelikan-Post gekommen waren. Dachs beobachtete, wie Stinktier mit der einen Pfote einen Umschlag aus der Schürzentasche zog, während er mit der anderen eine Pfanne mit Walnüssen schwenkte. *Tschakka. Tschakka-tschakka.* Stinktier las den Umschlag. »Werbung«, murmelte er vor sich hin und warf den ungeöffneten Brief auf die Arbeitsplatte.

»Bock!«

Dachs schaute auf und entdeckte ein Ko-Shamo-Huhn, das den ungeöffneten Brief beäugte (linkes Auge, Kopf neigen, rechtes Auge). Zwei weitere Hühner (ein Silkie und ein Orloff) schliefen in der Nähe – den Kopf unter den Flügel gesteckt. Das Ko-Shamo-Huhn gab dem Umschlag einen energischen Schubs, plusterte sich kurz auf und beruhigte sich dann wieder. Dachs warf einen Blick durch die Küche. *Kein winziges oranges Federbausch-Hühnchen.*

Stinktier machte ein Gesicht in Richtung Ko-Shamo (sorry – hab nicht aufgepasst) und schwenkte weiter die Walnuss-Pfanne. *Tschakka-tschakka-tschakka.* Die blauen Herdflammen sprühten gelbe, rote und orange Funken. In der anderen Pfanne bräunten Kleckse von Pfannkuchenteig. Aus dem Topf stieg Dampf auf. Und ein Geruch nach heißen Äpfeln, Honig und Zimt zog an Dachs' Schnauze vorüber.

Er räusperte sich. »Gleich fertig?«

Stinktier blickte auf. Er sah kurz zur Wanduhr und warf dann Dachs einen strengen Blick zu. »Zehn Minuten.«

Als Dachs sich nicht rührte, zog Stinktier eine Karte aus dem Poststapel auf der Anrichte und schob sie Dachs hin. »Hier. Lies die solange.« Er deutete auf Dachs' Platz am Küchentisch. »Setz dich hin.«

Zehn Minuten? Dachs fühlte sich schwach auf den Beinen und schwindelig im Kopf. Aber durch Hunger-Bekundungen kam das Essen auch nicht schneller. (Das hatte er schon oft genug ausprobiert.) Deshalb nickte er leicht, setzte sich auf seinen Stuhl am Küchentisch und nahm die Postkarte. Sie war von Tante Lula. Dachs las:

Hallo, Dachs und Stinktier! Ich schreibe euch aus dem Schierlingswald. Diese Luft hier! Dieser Ausblick! Die unzähligen Möglichkeiten, auf Bäume zu klettern! Am besten schlafe ich in Bäumen. Habt ihr das mal probiert? ÄUSSERST EMPFEHLENSWERT. – Eure Tante Lula

Dachs' Magen machte sich lautstark bemerkbar. *Gleich*, sagte Dachs zu ihm. Er schloss die Augen und atmete ein. *Zwiebeln und… Zucchini. Ja.* Er stellte sich einen Teller Zucchini-Pfannkuchen vor, überzogen mit…? Er schnupperte noch einmal. *Apfelmus! Und?* Er erinnerte sich an die kleine Pfanne. *Geröstete Walnüsse.* Und dann roch Dachs etwas anderes… *Eisen, Glimmer, altes Abflussrohr.*

Abflussrohr? Dachs schaute zu Stinktier hinüber.

Und schaute noch einmal. *Halt. Stopp. Moment.*

Wenn man kochte, musste man dann nicht den Herd im Auge behalten? Auf jeden Fall schien es keine sehr gute Idee, Briefe zu lesen und sich mit dem Pfannenheber am Bein zu kratzen, während hinter einem eine Bratpfanne brutzelte.

Das Silkie-Huhn schlug mit den Flügeln. »B-bock!« Das Ko-Shamo machte einen langen Hals. Das Orloff stieß einen Warnruf aus: »Brrrrr-bock-bock-bock!«

Dachs' Blick schoss zum Herd hinüber. Rauchwolken stiegen aus der großen Bratpfanne.

Dann machte die Pfanne *puff.* Eine Flamme schoss hoch. *Wie eine Sonneneruption!*

»Eruption!«, schrie Dachs und deutete auf die Pfanne.

»Oh«, sagte Stinktier. Er stopfte Brief und Umschlag in die Schürzentasche und wirbelte herum. »Wieso hast du nichts gesagt?« Mit dem Pfannenheber – *flatschflatsch* – landeten die Pfannkuchenkleckse im Ausguss. Die Pfannkuchen waren nicht der einzige Verlust. »Wie Gummi«, sagte Stinktier über den Topf gebeugt. Er schüttelte den Kopf wegen der Walnüsse in der kleinen Bratpfanne. »Schwarz und verkohlt!«

Mit einem Seufzer knallte er den Topf und die beiden Pfannen in den Ausguss und sah die zwei Hühner an. »Mittagessen ein andermal?« Hintereinander trippelten sie zum Spülbecken, betrachteten die Pfannen und den Topf (linkes Auge, rechtes Auge, linkes Auge) und flatterten *flipp-flapp* von der Anrichte. »B-bock-bock-bock.« Stinktier begleitete sie zur Hintertür hinaus und rief: »Ja! Ein andermal!« Dann kehrte er in die Küche zurück, schnupperte kurz und stellte die Dunstabzugshaube aus. Mit einem letzten Wuuuusch wurde es schlagartig still.

Stinktier drehte sich um und sah Dachs an. »Ich hab den schlimmsten Brief überhaupt bekommen. Hier, lies ihn bitte.« Er zog den zerknüllten Brief und den verknitterten Umschlag aus der Schürzentasche und hielt ihn Dachs hin.

Dachs nahm ihn entgegen. Als Absender stand auf dem Umschlag:

Mr O. W. Igel
Norddrill

Adressiert war er an:

Mr Stinktier
Backsteinhaus von Lula P. Marder
Norddrill

Dachs strich das Briefpapier glatt und fing an zu lesen:

Mr Stinktier,
ich bin kürzlich nach Norddrill gezogen. Soweit ich weiß, wohnen Sie inzwischen auch in Norddrill. Ich schreibe Ihnen heute, um Sie davon in Kenntnis zu setzen, dass ich an unserer früheren

Abmachung festhalten möchte. Sonntagsfrüh werde ich weiter bei Ihnen vorbeikommen und mir die Literaturbeilage der Hühnerfurter Rindschau abholen.

Tut mir leid zu hören, dass Sie Ärger mit Wiesels Eilzustellungen hatten. Unter den Kunden der Buchhandlung Hühnerbuch war das Tage lang Thema. Natürlich wusste ich, dass Sie mit in die Sache verwickelt waren. Die Duft-Signatur stammte eindeutig von Ihnen.

Sehr verbunden.

Mr O.W. Igel

Das kam Dachs nicht wie der schlimmste Brief überhaupt vor. Er schaute hoch und wusste nicht, was er sagen sollte.

»Siehst du das? Siehst du das?« Stinktier sprang herum und deutete auf das Schriftstück. Er nickte, als wenn es Dachs tatsächlich sähe.

»Äh …«, brachte Dachs heraus.

Stinktier klärte ihn auf. »Wenn Mr O.W. Igel in Norddrill ist, wird er mir meine Literaturbeilage wegnehmen!«

Dachs runzelte die Stirn. »Wegnehmen? Aber das sagt er doch gar nicht.« Dachs überflog noch einmal den Brief, dann tippte er auf die Zeile. »Er erwähnt eine ›frühere Abmachung‹.«

Stinktier rang nach Luft. »Frühere Abmachung? Es gibt keine frühere Abmachung. Hier geht es um die Literaturbeilage der *Hühnerfurter Rindschau*! Die einzige Abmachung ist die: Ich lege die Beilage auf den Küchentisch, esse einen Muffin und lese. *So* lautet die Abmachung.« Stinktier warf die Pfoten in die Luft und lief hin und her. »Mr O.W. Igel – von allen Igeln: Wieso ist ausgerechnet der *hier*?«

Stinktier nickte in Dachs' Richtung. »Ich kenne Mr O.W. Igel von da, wo ich früher gewohnt hab. Ich hatte die *Hühnerfurter Rindschau* abonniert, und nach zwei Wochen – ich betone: *zwei* Wochen – fehlte jedes Mal die Literaturbeilage.«

Stinktier blieb stehen und sah Dachs an. »Ich hab alles versucht! Zuerst dachte ich, ich schnapp mir die Zeitung, sobald sie vor die Tür klatscht. (Ist nur Pech, dass ich sehr fest schlafe.) Dann hab ich vereinbart, dass die Zeitung in eine leere Dose eingelegter Pfirsiche gesteckt wird, die weit oben außer Reichweite stand. Ohne Erfolg. Danach habe ich Wassersprenger mit Stolperdrähten verbunden. Aber wieso wurde immer nur ich nass?« Stinktier lief wieder in der Küche auf und ab. »Und jetzt ist Mr O.W. Igel in Norddrill! Was soll bloß werden? Ich werde die Literaturbeilage wieder zerknittert unter einem Rhododendronbusch finden. Oder zwischen die Saftflaschen gestopft in der Recycling-Tonne. Oder zusammengerollt in einem weggeworfenen Stiefel ohne Zehenspitze.«

Bestimmt war die Lösung des Problems nicht so schwierig. Dachs sagte langsam: »Vielleicht solltest du die Situation einfach mit Mr Igel bereden. Wenn du ihm sagst –«

Stinktier hob eine Pfote. »Reden mit einem Igel wie dem ist vollkommen sinnlos!«

Das klang nicht danach, als ob Stinktier alles versucht hätte, aber Dachs sagte nichts.

Stinktier sah plötzlich ganz verloren aus. »Wie soll ich denn so entscheiden, was ich in der Langen Nacht der Geschichten lese? Keine Literaturbeilage ist ein herber Verlust. Denk, denk, denk.«

Dachs' Magen knurrte. Er schaute zur Uhr und sah, wie sich der kleine und der große Zeiger übereinanderschoben, herrlich vereint bei der Zahl Zwölf. *Mittag!* Dachs schlug seine Serviette aus – flapp, flapp, flapp – und legte sie sich auf den Schoß. Er nahm die Gabel in die Pfote und wartete.

Stinktier betrachtete Dachs. Er schaute auf das Geschirr in der Spüle, schaute wieder zu Dachs und ging dann zu den Schränken. Er durchquerte die Küche mit einer Packung Müsli und stellte sie vor Dachs hin. Es folgten eine Schüssel und ein Löffel, danach noch ein Glas Wasser (das überschwappte).

Dachs starrte die Müsli-Packung an. *Das kommt unerwartet.* Er legte die Gabel zurück.

Stinktier sah Dachs an. »Das Mittagessen ist hin. Die Pfannen sind schwarz. Und du isst gern Müsli.« Mit einem Kopfnicken kehrte er zur Spüle zurück. Er drückte Spülmittel hinein und drehte den Wasserhahn auf. Dann nahm er eine Pfanne und fing an zu schrubben. *Ratsche-ratsche-ratsch.*

Dachs schluckte einen Löffelvoll Müsli runter.

»Schatzsuche!« Die Pfanne klatschte in die Spüle. Stinktier sprang in die Luft. »Wir gehen auf eine Steinsuch-Expedition!«

Dachs fiel fast vom Stuhl.

Stinktier schlitterte über den Boden. »Jeden Tag Picknick. Schlafen unterm Sternenzelt. Kochen auf offenem Feuer.« Er nickte vor sich hin. »Du brauchst einen Achat für deine Ruhmeswand der Steine. Und ich will am Sonntag nicht zu Hause sein. Was ist ein Sonntag ohne Literaturbeilage? Aber eine Steinsuch-Expedition wär etwas vollkommen anderes. Eine Steinsuch-Expedition ist Abenteuer. Ich sorge für Proviant.« Stinktier schnappte sich die Müsli-Packung vom Tisch. »Bist du fertig?« Er sah Dachs an. »Zeit, packen zu gehen. Am Donnerstag brechen wir auf.«

»Halt! Halt! Halt!« Dachs griff nach der Müsli-Packung und stellte sie entschlossen wieder auf den Tisch. »Ich habe Wichtige Steinforschungen zu erledigen.«

»Gut. Dann starten wir eben am Freitag«, antwortete Stinktier, als ob sie sich auf einen Kompromiss geeinigt hätten. Er beugte sich vor. »Wie weit weg ist der Achat? Mit wie vielen Tagen müssen wir rechnen? Es braucht einen Plan für den Reiseproviant.«

»Kein Plan. Kein Proviant. Ich muss nachdenken!« Dachs schob Stinktier durch die Falttür ins Wohnzimmer (das früher Dachs' Steinezimmer gewesen war). Es war erst kürzlich mit einer Couch, zwei Ohrensesseln und Regalen für Bücher und Spiele neu möbliert worden.

Stinktier warf sich aufs Sofa. »Du solltest Ja sagen!«

Dachs drehte seinen Sessel so, dass er nicht die ganze Zeit Stinktiers hochgelegte Füße sehen musste.

Eine Expedition zum Steinefinden? Unmöglich! Dachs hatte seine geologischen Karten nicht studiert. Er hatte keine grafischen Darstellungen und Skizzen von den Gesteinsschichten gezeichnet. Falten! Verwerfungen! Die zu erwartenden Intrusionen.

Aber Achate. Der Endlos-See, der Ort, an dem er seinen Spinnenaugen-Achat gefunden hatte, lag nur einen halben Tag Fußmarsch entfernt. Er könnte sein Zelt an seinem Lieblingsplatz aufstellen – Lagerplatz Nummer 5. Und wie lange wollte er sich eigentlich noch nach seinem verlorenen Spinnenaugen-Achat sehnen? Stinktier hatte recht. Es reichte. *Ersetz den Achat. Lass Fischmarder und seinen Verrat hinter dir.*

Außerdem: Wenn Stinktier mitkam, würde sich die Essenssituation eindeutig verbessern.

»Einen Sonntag. Wir werden nur eine Woche lang weg sein«, sagte Dachs mit einem leisen Knurren.

Stinktier sprang von der Couch und hüpfte auf ihn zu.

Dachs hob eine Pfote.

Stinktier blieb schlitternd stehen.

»Das löst aber nicht dein Problem mit dem Igel – jedenfalls nicht, wenn du die Literaturbeilage lesen willst«, sagte Dachs.

Stinktier klopfte sich leicht gegen das Kinn. »Ich versteh, was du meinst.« Dann grinste er breit. »Aber das Problem lösen wir nächsten Sonntag. Diesen Sonntag werde ich jedenfalls keine Sonntagsausgabe der *Hühnerfurter Rindschau* ohne Literaturbeilage ertragen müssen. Sondern lieber draußen kochen. Unter den Sternen schlafen. Jeden Tag Picknick machen. Auf Schatzsuche gehen! Schatzsuche, Schatzsuche, Schatzsuche!«

Dachs konnte es sich nicht verkneifen – er lächelte. »Du sorgst fürs Essen.«

Stinktier warf ihm einen ernsten Blick zu. »Und du sorgst für den Schatz.«

»Einverstanden.« Dachs streckte die Pfote aus.

Stinktier nahm Dachs' Pfote und schüttelte sie. Das war am Dienstag.

3. KAPITEL

Zum Frühstück am Mittwoch stellte Stinktier einen Becher heiße Schokolade vor Dachs auf den Tisch und sagte: »Brauchst du Papier und Bleistift für die Planung? Ich kann dir auch noch einen Anspitzer leihen. Mir fällt es leichter zu planen, wenn ich einen Anspitzer in der Nähe habe. Du kannst doch nicht den ganzen Tag schlafen, Dachs. Ausrüstung und Proviant müssen zusammengestellt werden. Ich empfehle unbedingt eine Liste.« Stinktier wedelte mit einem Blatt Papier vor Dachs' Gesicht rum.

Dachs schlug das Blatt weg und stürzte den heißen Frühstückskakao hinunter.

Mit einem knurrigen Schnauben kehrte Stinktier an den Herd zurück. Es zischelte, als eine Tortilla in der Pfanne landete. In eine zweite Pfanne wurde klack! ein Ei geschlagen.

Tssss! Dachs' Magen jaulte auf. Er spähte zu den Muffins hinüber, die auf einem Rost abkühlten. Dachs stand auf und streckte die Pfote aus.

Stinktier sprang eilig dazwischen. »Setz dich! Das ist meine Handelsware. Dein Frühstück kommt gleich!«

Mit einem Winseln setzte sich Dachs wieder hin.

Nach einem »Mmmmh«, einem Kratzen mit dem Pfannenheber und einem »Ja, ja, ja« trat Stinktier schließlich mit einem Teller an den Tisch. »*Huevos Motuleños*! Eines der besten Frühstücke, die je erfunden wurden.« Ein Ei und eine Tostada schwankten auf einer Insel aus schwarzen Bohnen. Die Insel erhob sich aus einem roten Meer (Zimt! Chilis! Geröstete Tomaten!) Frische Erbsen und gebratene Kochbananen dümpelten um die Ufer. Dachs zögerte nicht lange. Er nahm seinen Löffel und überließ sich voll und ganz der Eierinsel.

Als er wieder aufsah, merkte er, dass er allein war.

»Hopp hopp«, sagte er. Es war Zeit, seine Checkliste für die Steine-Expeditionen hervorzuholen. Dachs erledigte schnell noch den Abwasch und lief dann die Treppe hoch. *Zum Aktenschrank.*

Mittags stand ein großer gelber Rucksack vorne im Flur. Dachs lief hin, um ihn sich genauer anzusehen. Außen liegendes Rahmengestell. *Extrem anpassbar.* Breite Riemen mit Messingschnallen hielten den Deckel in Position. Zwei Wasserflaschenhalter, eine Eispickel-Schlinge *und* eine Tasche in der Deckelklappe! Dachs rieb mit der Pfote über das Markenlabel und stieß einen leisen Pfiff aus. Der Rucksack war von den Dachs-Genies der Firma Abendrot-Abenteuer pfotengefertigt und pfotengenäht – ein Rucksack von Dachsen *für* Dachse geschaffen.

Puh, dachte Dachs.

Er fand Stinktier zusammen mit einem Orpington-Huhn in der Küche. Stinktier saß am Tisch und drehte einen Bleistift zwischen den Pfoten. Das Huhn stand auf der Tischplatte. Zusammen studierten sie Stinktiers Liste. Das Orpington betrachtete sie erst mit dem rechten Auge, dann mit dem linken Auge und drehte danach den Kopf zu Stinktier. »Bock, bock, bock.« Dann pickte es auf die Liste. Das Blatt flog in die Luft.

»Entschuldigung.« Dachs deutete in Richtung Flur. »Dieser Rucksack –«

»Dachs! Gut, dass du da bist!« Stinktier stieß mit dem Bleistift in die Luft. »Hast du Teller, Tassen und zwei Göffel? Ich brauch deine Ausrüstungsliste. Außerdem hast du gesagt, dass du einen zweiten Schlafsack hättest. Den nehm ich.«

»Schlafsack. Ausrüstungsliste. Alles klar. Aber jetzt noch mal zu dem Rucksack im Flur …« Dachs verstummte, als sein Blick auf eine gusseiserne Pfanne und einen gusseisernen Suppentopf fiel. Die waren neu in der Küche. *Gusseisern. Ist gusseisern nicht schwer?* Ein stabiler Feuerrost lehnte am Küchenschrank. Auch der sah schwer aus.

Dachs spürte die Blicke, die auf ihm lagen, und stellte fest, dass Stinktier und das Orpington (linkes Auge, rechtes Auge, plinker plinker) ihn beobachteten.

Er kam auf den Punkt. »Stinktier, ist das *dein* gelber Rucksack? Der große? Draußen im Flur?«

Stinktier nickte. »Ines von Kraut & Eier meinte, ich kann ihn haben. Sie hat gesagt: ›Stinktier, nimm bloß dieses Ding mit. Hier steht mir der Rucksack nur im Weg rum!‹ Ihre Vorstellung von Urlaub ist mehr eine schöne Aussicht, ein Bett und ein gutes Buch.«

Dachs platzte heraus: »Ines ist ein *Silberdachs*, Stinktier. Und das da ist ein *Monster*rucksack.«

»Je größer, desto besser. Wer braucht denn einen kleinen Rucksack?« Stinktiers Augen strahlten. »Und er ist gelb. Mit drei Taschen! Er ist perfekt.«

»Und du trägst ihn?«

»Aber klar! Das ist der beste Rucksack aller Zeiten.«

Dachs staunte mit offenem Mund und beschloss, dass ihn das Ganze nichts anging.

Am Donnerstag legte Dachs alles, was er mitnehmen wollte, auf dem Boden seines Steinezimmers aus, um dann das Transportgewicht Stück um Stück zu reduzieren. Nur wenn er etwas wirklich brauchte, kam es mit. Mehrfachnutzen verringerte die Anzahl der Teile zusätzlich. Schließlich reduzierte er das Gewicht noch weiter. »Niemand braucht den Stiel an einer Zahnbürste!« *Knack.*

Notwendig: sein Wunderbau-Pop-up-Zelt mit Zeltklappe, Stangen und Pflöcken. Auch nötig: sein Lava-Bett-Schlafsack mit orangenem Innenfutter und Vulkan-Muster außen. Und auf jeden Fall würde er seine Isomatte mitnehmen! Welchen Sinn hätte die Expedition, wenn er nachts nicht gut schlafen konnte? Dachs bevorzugte Gegenstände aus Titan *(stabil und leicht)* oder Silikon *(leicht und biegsam).* Begeistern konnte er sich eigentlich auch für Aluminium *(leicht)*, fand es aber riskant *(eine Schande, dass es sich so leicht verbog).*

Die verbliebenen Dinge wurden weiter infrage gestellt. »Beweise deinen Nutzen«, knurrte Dachs. »Wieso bist du notwendig? Wie viele Aufgaben erfüllst du? Mehr als eine? Zwei? Drei?« Wenn das Teil bestand, warf es Dachs auf die Waage und prüfte das Gewicht. Das Halstuch behielt Dachs (Serviette, Topflappen, Mütze. Gewicht? 15 Gramm). Er wägte die Vorteile der X34-Starkstrahl-Taschenlampe ab *(Unnötig. Ich kann im Dunkeln sehen!* Gefolgt von der Überlegung: *Wiegt aber nur 55 Gramm! Extralicht ist immer hilfreich.)* Er entschied sich, die Taschenlampe mitzunehmen und dafür seinen Kamm dazulassen. *(Wozu hat man Krallen?)* Danach packte er seinen Transportrucksack der Firma Tragelust, um zu sehen, ob alles reinpasste.

Dachs zog die Rucksackklappe herunter und schnallte sie fest. *Passt. Aber kann ich ihn tragen?* Mit einem *Uff* wand er die Arme durch die Gurte, hakte den Hüftgurt und den Brustriemen ein, zog sie stramm und beugte sich vor. Teile des Inhalts verschoben sich. Das Leinen ächzte. Er machte einen Schritt, zwei Schritte ... mit einem Stöhnen ging er in die Hocke, stand wieder auf, hüpfte auf dem einen Bein, dann auf dem andern und klatschte in die Pfoten. »JA!« Sein Rucksack mochte ramponiert, verschrammt und verbogen sein, aber er hatte seinen Wert immer wieder bewiesen. »Der gute alte Tragelust.« Um das Ganze zu feiern, befreite sich Dachs von dem Gewicht und schnappte sich seine Ukulele. Eine Steine-Expedition *ohne* Ukulele? Unvorstellbar. Eine Ukulele war zwingend nötig.

Jetzt fuhr Dachs mit den Krallen über die Saiten. *Biid...el... li...boNG.*

Dachs verzog das Gesicht, drehte an den Wirbeln und zupfte immer wieder. *BoNG... bung... beng... bing.*

Kopfnickend schlug er die Saiten an. *Biid-el-li-bing.*

Es folgte ein Lied. »Äonen« war ein Stück, das Dachs selbst

geschrieben hatte. Es handelte von der Geschichte der Erde in großen Zeitschritten. Die Zeitschritte hießen »Äonen«. *Klangvoll und von geologischer Bedeutung!*

Dachs schloss die Augen und begann mit einem Geheul (»AaaaaaooooOOOH«) und einem rasselnden C7-Schlag.

Das Lied ging so:

BIG (D7!) BA-BUMM (D7!) BÄNG (D7!)

(D7) Hadaikum-Äon
Herzlichen Glückwunsch zur Geburt, Erde. Vulkane.
Meere aus Säure. Vorsicht vor Meteoriten.

(E7) Archaikum-Äon
Die Geschichte der Steine beginnt. Endlich:
Bakterien, Bakterien, Bakterien!

(F7) Proterozoikum-Äon
Würmer, Quallen und Schneeball-Erde. Würmer,
Quallen und Schneeball-Erde.

(G7) Phanerozoikum-Äon
Schau, Muscheln! Hast du je zuvor Muscheln
gesehen? Nein!
Leben entwickelt sich, verändert sich, Explosion –
BÄNG (G7!) – von Leben.
Zeitalter der Dinosaurier – Meteoriten RUMMS
(G7!) – Zeitalter der Säugetiere.

Eine lässige Folge von A-, G- und D-Akkorden beendete die Strophe und gab Dachs Zeit, sich auf die zweite vorzubereiten. Die zweite Strophe brach das Phanerozoikum-Äon in Epochen und Perioden auf. Die »Explosion von Leben« war sehr langwierig gewesen. Durchhaltevermögen war gefragt.

Ein weiterer rasselnder C7-Schlag! Dachs sog die Luft ein, öffnete den Mund zum Singen und –

»Ist das ein Lied?«, hörte Dachs eine Stimme.

Er schlug die Augen auf. Stinktier stand da. In *seinem* Steinezimmer. Schon wieder.

Stinktier sah den Ausdruck in Dachs' Gesicht und deutete auf die Tür. »Du hast noch immer kein Schild. Du hast nicht STEIN oder MINERAL geschrien. Außerdem hab ich die Ukulele gehört.« Er beugte sich vor. »Wer ist Leon?«

Dachs seufzte. »Äon – nicht Leon. Äon ist ein Abschnitt des geologischen Zeitalters.«

»Ah, verstehe.« Stinktier kratzte sich am Ohr, dann schaute er in den Rumpelkammerteil des Dachbodens. »In der Badewanne liegt was, das ich gerne auf unsere Steine-Expedition mitnehmen würde. Hast du was dagegen?«

Dachs verneinte.

Stinktier verschwand in der Wanne und tauchte mit einem Dreispitz wieder auf.

Dachs blinzelte.

Stinktier bog den Hut zurecht. »Drei Ecken! Nicht jeder Hut hat *drei* Ecken.« Er klemmte sich den Dreispitz unter den Arm und ging.

Der Freitagmorgen begann mit einem *Ra-BUMM* und einem Blitz. Dachs brachte seinen fertig gepackten Rucksack hinunter auf die Gartenveranda und lehnte ihn gegen die Backsteinmauer.

Der Regen prasselte vom Himmel. *Pladder-pladder-pladder.*

Stinktier folgte Dachs nach draußen. Er hatte zwei Schüsseln mit Erdnussbutter-und-Bananen-Haferflocken dabei. Eine der Schüsseln reichte er mitsamt einem Löffel Dachs und begann aus der andern selber zu essen.

Dachs schlang einen Löffelvoll runter und sagte: »Sobald es aufhört zu regnen, brechen wir auf.« Er spürte, wie Freude in ihm aufkam. *Endlos-See! Steine-Expedition!* Es war viel zu lange her. Wieso hatte er es immer wieder aufgeschoben?

R-r-ra-BUMM! Pladder-pladder-pladder.

Dachs sah Stinktier an. »Bist du fertig zum Aufbruch?«

Stinktier nickte. »Fast.« Er grinste Dachs an. »Die Hühner waren mir eine große Hilfe bei meiner Packliste. Ein Huhn bemerkt alles – Hühnerauge sei wachsam. Ich kann wirklich sagen, dass ich jede Eventualität, jeden Ausgang, jede Ände-

Der Regen prasselte vom Himmel. Pladder-pladder-pladder.

rung, jede Abweichung und Plankorrektur bedacht habe. Und auch alle möglichen Wetterlagen.«

Dachs knurrte zustimmend und aß weiter Haferflocken.

»Kaum denkst du, du kennst ein Huhn, kannst du mit einer Überraschung rechnen!« Stinktier sah Dachs an. »Ha! Hühner und Physik, das war ein ziemlicher Schock für dich. Haha.«

Dachs fand das gar nicht lustig.

Stinktier wartete.

Dachs schnaubte. »Ja, gut, Hühner sind *überraschend* bewandert in Physik.«

»Bewandert? Ha! Wie kannst du sagen, dass Hühner nur bewandert sind in Physik? Hühner nutzen den Quantensprung, sie verschwinden an der einen Stelle und kommen an einer anderen wieder heraus. Das ist beeindruckend!« Stinktier unterbrach sich und klopfte mit dem Fuß auf den Boden. »Hab mich aber trotzdem nicht für ein Leben im Hühnerstall entscheiden können. Stinktiere sind nicht dafür geschaffen, auf einer Stange zu hocken.« Er zog eine Augenbraue hoch und seufzte. »Ist zwar schön, auf einer Veranda Haferflocken zu essen, während es regnet. Aber sollen wir aufbrechen? Ich muss noch ein paar letzte Vorbereitungen treffen, dann bin ich bereit.« Stinktier ging ins Haus. Die Fliegengittertür fiel zu.

Pladder, pladder, pladder.

Dachs schlang den Rest Haferflocken runter, trat an den

Rand der Veranda und schaute zur grauen Wolkendecke. Danach ging er auch ins Haus.

Ein paar letzte Vorbereitungen? Stinktiers »Vorbereitungen« stapelten sich auf Stühlen, Arbeitsplatten und dem Küchentisch. Taschen und Plastikbeutel wölbten sich. Fertig gepackte Proviantbeutel säumten die Küchenplatte. Kochutensilien waren in Tonkrüge gestopft. Ein Wirrwarr aus Campingausrüstung stand in der Ecke aufgehäuft. Tüten mit Trockenobst (Rosinen, Aprikosen, Apfelringe) türmten sich in der gusseisernen Pfanne. Zwiebeln, Kartoffeln und Möhren füllten den Suppentopf. Dachs sah eine Fünf-Pfund-Tüte Mehl *(fünf Pfund!)*. Und der Dreispitz wackelte fröhlich auf einem riesigen Kürbis. Wo waren die Sachen aus Titan und Silikon? Auch Aluminium wäre in Ordnung gewesen! Dachs suchte vergeblich. Da waren keine. *Zu viel. Zu schwer!*

Dachs stellte seine Haferflockenschüssel oben auf den Proviant-Berg (sonst war nirgends Platz) und räusperte sich. »Und das passt alles rein? Hast du mal versucht zu packen? Wir brechen auf, sobald es draußen aufklart.«

Stinktier schien überrascht. »Meinen roten Koffer packe ich sonst immer erst unmittelbar bevor ich aufbreche.«

Dachs zeigte um sich herum. »Aber Stinktier, das hier ist mehr als ein Schlafanzug, eine Hühnerpfeife und ein Geschichtenbuch.«

Stinktier dachte nach und meinte dann: »Den Schlafanzug und die Hühnerpfeife nehm ich tatsächlich mit, aber das Geschichtenbuch lass ich hier.«

Dazu fiel Dachs nichts mehr ein. Er wedelte mit der Pfote. »Ruf mich, wenn du fertig gepackt hast. Ich bin in meinem Steinezimmer.«

Zum Mittagessen sah die Küche nicht besser aus. (»Ich dachte, wir verbrauchen unser altes Brot. Französische Zwiebelsuppe mit Croutons.«)

Zum Abendessen auch nicht. (»Der letzte Rest altes Brot – es gibt Pfirsich-Brot-Pudding. Und dazu Kokos-Reis mit Röstgemüse.«)

Egal, es regnete – *pladder-pladder-platsch* – noch immer.

Beim Abendessen willigte Stinktier ein, dass sie erst am Samstagmorgen aufbrachen.

»Gleich frühmorgens?«, fragte Dachs besorgt, als er einen Blick auf die Berge warf, die sich um ihn herum türmten.

Stinktier nickte heftig. »Die *Hühnerfurter Rindschau* kommt am Sonntag. Ich will nicht näher an Sonntag herankommen als irgend nötig.«

Am Samstag rechnete Dachs mit dem Schlimmsten. Mit besorgter Miene kam er die Treppe herunter.

Tada, der gelbe Rucksack von Abendrot-Abenteuer! Gepackt und aufrecht! Die Küche ordentlich und sauber. Eine Kerze brannte auf dem Tisch. Zwei Plätze waren mit Sets, Serviette, Besteck und einem Glas Wasser gedeckt. Langsam drehte sich Dachs um und dann setzte er sich. »Und es ist alles im Rucksack?«

»Yep.« Stinktier stellte hörbar einen Becher mit heißem Frühstückskakao und einen Teller mit Ei-und-Avocado-Sandwich auf den Tisch und verkündete aufgeregt: »Alles reingepasst – wirklich alles! Eine Weile stand es echt Spitz auf Knopf.« Stinktier grinste. »Was für ein tolles Teil! Wir werden bei den Picknicks auf nichts verzichten müssen.« Er tätschelte den Rucksack im Vorbeigehen, als er auch seinen eigenen Teller und Becher zum Tisch trug. Dann setzte er sich Dachs gegenüber.

Der Anblick von Stinktier neben seinem gelben Rucksack ließ Dachs mitten im Kauen innehalten. *Gelb lässt alles größer erscheinen*, sagte er sich. Trotzdem: Das Teil wirkte bedrohlich. Es ragte hoch auf und warf lange Schatten. Dachs schluckte schwer und betrachtete die Beulen, die Wölbungen, das gespannte Leinen. Was waren das für spitze Ecken? Wieso sprangen ihm Gedanken an Schürhaken, Kartoffelstampfer und Scheren durch den Kopf?

Dachs legte sein Sandwich auf den Teller zurück.

Stinktiers Kopf wackelte beim Kauen freudig vor und zurück.

»Hast du schon mal – äh – den Rucksack anprobiert, jetzt, wo er gepackt ist?«, fragte Dachs.

Stinktier sah Dachs empört an. »Wieso anprobiert? Das ist doch keine Hose, die passen muss. Es ist kein Passsack, sondern ein Rucksack. Den muss man nicht anprobieren, der passt auf jeden Rücken. Ruckzuck fertig und hoch damit sozusagen.« Er runzelte die Stirn. »Was glaubst du denn, was ein Rucksack ist?«

»Hm«, brachte Dachs nur heraus.

Den Abwasch machten sie zusammen. Stinktier reichte Dachs den letzten Teller, rieb seine Pfoten am Pullover trocken und sagte: »Zeit, *deinen* Rucksack zu holen. In fünf Minuten brechen wir auf.«

Dachs' Tragelust stand oben in seinem Schlafzimmer. Er blieb kurz stehen und warf Stinktier einen schmerzlichen Blick zu. »Brauchst du Hilfe mit deinem Rucksack?« Er versuchte, locker dabei zu lächeln.

Stinktier zog ein Gesicht. »Nee, kein Problem.«

Dachs lief zwei Stufen auf einmal nehmend nach oben. Als er gerade die Schlafzimmertür öffnete, hörte er es:

»AhHHH!«

»*RuUMMS!*«

Dachs jagte die Treppe hinab in die Küche.

Rücklings auf dem Boden lag Stinktier, an seinen Rucksack geschnallt, und wedelte mit Armen und Beinen. »Ah, da bist du ja, Dachs. Könntest du mich wohl bitte hochziehen?«

4. KAPITEL

»Du musst ein paar von den Sachen rausnehmen«, sagte Dachs.

Stinktier schüttelte den Kopf. »Das geht nicht. Was drin ist, ist drin.«

Dachs rieb sich die Stirn. »Du bist aber umgekippt, Stinktier.«

»Ich hab das Gleichgewicht verloren.« Stinktier sah sich in der Küche um. Dann zeigte er mit der Pfote. »Hilf mir, den Rucksack da auf den Stuhl zu heben.«

Nach etlichen Versuchen, ihn hochzuhieven, schafften sie es unter viel Gestöhne. Der gelbe Rucksack stand auf der Sitzfläche vom Stuhl. Jetzt schob Stinktier eine Schulter durch den Gurt. Mit einer Hinterpfote klemmte er das Stuhlbein fest. Stinktier atmete kräftig durch.

Dachs streckte die Pfote aus, um ihm zu helfen.

»NEIN.« Stinktier warf ihm einen eiskalten Blick zu, dann holte er noch mal Luft. »Setz du DEINEN Rucksack auf.« (Noch mal durchatmen.) »WARTE auf mich…« (Schnauf-schnauf.) »…im FLUR.« (Schnauf.)

Zwei Minuten später stand Dachs mit dem Rucksack auf dem Rücken im Flur. Er hörte Gemurmel aus der Küche. »Ja.« (Schnauf.) »Okay.« (Schnauf.) »Okay-okay-okay.« (Schnauf.) Leinen knarzte. Sachen klackerten. Und dann: »UHMMM.« Der Stuhl quietschte und fiel um. *Plock!*

Dachs wartete auf das Jaulen, das garantiert kommen würde.

Stattdessen kam ein gelber Rucksack auf zwei winzigen Beinen in den Flur gewankt. »TÜR… AUF…BITTE.«

Dachs wich zurück, stieß gegen die Tür, drehte sich um und fummelte an dem Knauf, um sie zu öffnen. »Denk an die Stufen zum Gartenweg runter«, rief Dachs, als sich der gelbe Rucksack zur Seite drehte, um die Treppe nach unten zu schaffen. Er wankte hinab (Schritt, ran, stopp), hinab (Schritt, ran, stopp) und hinab (Schritt, ran, stopp).

»Unten rechts«, rief Dachs, während er oben das Haus abschloss.

Der gelbe Rucksack drehte sich nach rechts und bewegte sich langsam vorwärts.

Stapf. Stapf. Stapf.

Zwei Schafe standen mit malmendem Kiefer im Garten und beobachteten erst, wie sich der gelbe Rucksack an ihnen vorbeischob, und starrten dann Dachs an, der ihm eilig hinterherlief.

»Starren ist unhöflich«, sagte Dachs.

»Määääh«, rief ein Schaf, ohne mit der Wimper zu zucken.

Als er neben dem gelben Rucksack stand, sagte Dachs: »Ich hab die Karte, deshalb geh ich voraus, okay?«

Stinktiers Stimme drang von tief unten herauf. »Okay.«

Stapf. Stapf. Stapf.

Dachs trat auf den Gehweg. »Bist du *sicher*, dass du mich unter dem Rucksack auch siehst?«

»Deine Knöchel *(stapf)* … sind genau vor mir *(stapf)* … Geh weiter!« *(Stapf.)*

Also ging Dachs voraus. Der gelbe Rucksack folgte ihm. Dachs' Ohren gewöhnten sich an das: *Stapf. Stapf.* Wenn das erwartete *Stapf* nicht kam, fuhr er erschrocken und voller Sorge herum.

So hatte er sich die Reise zum Endlos-See wirklich nicht vorgestellt. Und was noch schlimmer war: Es hätte die perfekte Wanderung sein können! Nach dem Gewitter am Freitag funkelte die Welt in Smaragd, Jade und Türkis. Die Sonne schien. Zwei weiße Wolken trieben über den blauen Himmel. Stinktier hätte bei diesem Wetter eigentlich die Ziegen auf der Nachbarwiese mit lautem Hallo begrüßen müssen. Und erst dieser knorrige Apfelbaum. Normalerweise hätte Stinktier einen Apfel gepflückt. *Tannin, Tannin, Tannin – schön säuerlich prickelnd.* Dachs malte sich aus, wie Stinktier sagte: *Ich würde ihn Mostapfel nennen. Und du?*

Doch nichts davon kam.

Das Einzige, was kam, war das: *Stapf. Stapf. Stapf.*

Es war, wie von einem bedrohlichen Käse verfolgt zu werden!

Als Dachs den Akkordeon-Kamm erreichte, stapf-stapf-stapfte Stinktier *seit* vier Stunden vor sich hin. *Vier Stunden!* Der Akkordeon-Kamm war der höchste Punkt und nur noch knapp 1,5 Kilometer von Lagerplatz Nummer 5 am Endlos-See entfernt. Stinktier hatte es also fast geschafft! Dachs schaute zu, wie der gelbe Rucksack den Anstieg meisterte. Als er bei ihm ankam, erklärte Dachs Stinktier entschieden, dass es Zeit sei, etwas zu essen.

Mit einem letzten *Stapf* blieb der gelbe Rucksack stehen. Stinktiers Knie zitterten. Die Gurtschnallen klapperten, und dann fing die Last an, sich nach hinten zu neigen. Dachs stützte eilig den gelben Rucksack auf einem Felsbrocken ab und befreite Stinktier aus seinen Gurten.

Schweißgebadet, wie er war, sah Stinktier halb ertrunken aus. In seinen Augen lag etwas Vages, Entrücktes, als er an den

Schnallen des Rucksacks fummelte und schließlich mit letzter Kraft einen Proviantbeutel in Dachs' Richtung warf. (Der Beutel landete im Farn.) Dann griff er nach seiner Wasserflasche, drehte den Deckel ab und trank, gluck-gluck-gluck-gluck-gluck.

Dachs trug seinen Proviantbeutel zu einer grasbewachsenen Stelle mit Blick auf das Tal. Stinktier plumpste neben ihn und holte mit einem tiefen Seufzer etwas zu essen aus seinem eigenen Beutel. Er nahm das Sandwich zwischen die Pfoten, wickelte das Papier immer wieder ein kleines Stück ab und biss dann hinein. Mitten im Kauen wankte und wackelte plötzlich sein Kopf und sank mit einem Stöhnen (zusammen mit dem Sandwich) nach unten. »Duuuuugnnnnnng … gkk … gah.«

»Stinktier?« Dachs rüttelte ihn an der Schulter.

Die Augen klappten auf. »Hübsche Wiese … toller Blick … Norddrill ist so klein.«

»Gleich trage ich mal den Rucksack ein Stück«, sagte Dachs entschieden. »Du hast ihn genug geschleppt.«

Stinktier wandte den Kopf, um nach dem gelben Rucksack zu sehen, dann drehte er sich zurück und starrte in die Landschaft.

Also tat Dachs das Gleiche. In steinigen Furchen *(Basalt!)* fiel der Akkordeon-Kamm zu den blaugrünen Hügeln hin ab.

Hügel um Hügel bis zu einem Gesprenkel von Dächern, einer Turmspitze und einer langen Reihe von Backsteinhäusern.

»Gefällt mir hier«, sagte Stinktier.

Dachs lächelte und schüttelte die Karte auseinander. »Ich zeig dir, wo wir sind.«

Stinktier beugte sich zu ihm und nahm einen weiteren Bissen von seinem Sandwich.

So saßen sie eine Weile da, Stinktier aß sein Sandwich zu Ende und Dachs zeigte ihm Dinge auf seiner Karte. Als Stinktier anfing, Fragen zu stellen (»Ist das der Endlos-See?« »Wo ist der Lagerplatz Nummer 5?«), wusste Dachs, dass er langsam wieder zu Kräften kam.

Schließlich weigerte er sich, Dachs den gelben Rucksack tragen zu lassen.

»Bloß noch eine halbe Stunde und immer bergab? Bergab ist einfach!«

Dachs versuchte ihn zu überzeugen, dass bergab oft schwieriger sei als bergauf, aber Stinktier wollte davon nichts wissen. »Ich hab ihn den ganzen Weg hochgetragen. Wir sind ja so gut wie da«, sagte er, als Dachs ihm half, den gelben Rucksack wieder aufzusetzen.

Stapf. Stapf. Stapf. Dachs sah zu, wie er die letzten Meter des Anstiegs erklomm und hinter einer Wegbiegung verschwand. Dann holte er seinen Tragelust.

»Ooa!« Der Schrei ließ Dachs erstarren.

Äste krachten. Er hörte ein Schlittern. »Ooa-oah!«

Und dann *WUMMMS!* Irgendwas krachte schwer nach unten.

»OOOOOoooooooooooAAAAAA!«

»Stinktier!« Dachs rannte los und schlang sich im Laufen den Rucksack über die Schultern.

Dachs sah abgeknickte Zweige. Und ein niedergewalztes Bäumchen.

Hinter der ersten Kurve entdeckte er eine Suppenkelle. Ein paar Schritte weiter? Eine gusseiserne Pfanne.

Oben an der Spitze des Steilhangs kippelte ein Blasebalg.

»Nein!« Dachs trat an die Kante und schaute hinab.

Tief… tief… tief… unten, den Abhang hinab, sah Dachs einen gelben Farbfleck mit einem stinktiergroßen Punkt oben drauf.

»Warte, Stinktier! Ich komme!«, schrie Dachs.

»IST DAS DER WALD?«, hörte er Stinktiers Stimme von unten.

Stinktier lag ausgestreckt auf dem gelben Rucksack, die Arme hinterm Kopf verschränkt. Er schien in den Himmel zu schauen. Als Dachs näher kam, wälzte sich Stinktier zur Seite, stützte sich auf einen Ellenbogen und sagte: »Hast du jemals so viele Blätterinseln auf Ästen sprießen sehen?«

Dachs blinzelte ihn an. »Bist du okay?«

»Mir geht's gut. Glaube ich.« Stinktier setzte sich auf, bewegte die Vorder- und Hinterpfoten und nickte dann. »Ja, alles gut.«

Dachs hätte erleichtert sein müssen, doch er hatte sich mitsamt dem Rucksack den Berg hinabgestürzt. Er hatte gegen die Schwerkraft, gegen das dürre Unterholz und gegen rutschigen Untergrund gekämpft. Und als wenn das noch nicht reichte, hatte er das Ganze mit einer Ansammlung seltsamer und schwerer Teile in den Armen bewerkstelligt. Dachs ließ alles fallen. Der Blasebalg, die Suppenkelle und die gusseiserne Pfanne schlugen polternd zu Boden. »Was ist da oben passiert?«

Stinktier schüttelte verwundert den Kopf. »Ich bin ausgerutscht und dann auf dem Rucksack den Berg runter – wie ein Spiegelei auf Toast! Kann ich echt nicht empfehlen. Wer will das schon, Kopf voraus und dazu auch noch auf dem Rücken?« Dann zuckte er die Schultern. »War aber trotzdem erfrischend. Das kann man zumindest sagen.« Er schaute sich um. »So viele Bäume!« Stinktier stand auf und rieb sich die eine Schulter, während er sich langsam umdrehte. »Baum an Baum an Baum … an Baum.« Er sah Dachs an. »Sind wir ganz offiziell *im* Wald?«

Dachs runzelte die Stirn. »Glaub schon.«

»Ha, ich steh im Wald. Endlich!« Stinktier drehte sich auf einem Fuß und landete mit seinem Hintern auf dem gelben Rucksack.

Dachs starrte ihn an. »Du warst noch *nie* im Wald? Und du weißt trotzdem, wie man auf offenem Feuer kocht?«

Stinktier warf ihm einen abschätzigen Blick zu. »Du musst doch nicht im Wald sein, um auf offenem Feuer zu kochen. Ich hab schon auf einem Dosenkocher Essen gemacht, als ich unter den …« Er sah Dachs an und beendete seinen Gedanken nicht.

Ein Lied bahnte sich seinen Weg zwischen den Bäumen hindurch. Es gluckste vor sich hin, wand sich von selbst wieder zurück und wirbelte davon.

Stinktier setzte sich gerader. »Elfen?«

»Ha!«, lachte Dachs. »Eine Walddrossel singt.«

»Walddrossel«, wiederholte Stinktier leise. »Ich muss unbedingt eine Walddrossel treffen.« Dann gähnte er, rieb sich die Augen und gähnte noch einmal. Mit panischem Blick stand er auf und sprang wild herum. »Wach auf! Wach auf!« Er sah Dachs drängend an. »Wie nah sind wir am Lagerplatz Nummer 5?«

Dachs schaute sich um und entdeckte linkerhand, ein kleines Stück von ihnen entfernt, ein Holzschild mit der eingebrannten Zahl 5. »Unglaublich«, murmelte er und streckte die Pfote aus. »Lagerplatz Nummer 5 ist gleich da drüben. Du hast eine Abkürzung gefunden.«

Der Lagerplatz war so, wie ihn Dachs in Erinnerung hatte. Er lächelte, als er die Feuerstelle mit dem Baumstamm als Bank und die Moosstelle für sein Zelt wiedersah.

»Gut«, sagte Stinktier. »Er zog einen weiteren Proviantbeutel heraus und drückte ihn Dachs in die Pfoten. »Iss das. Ich geh JETZT schlafen.«

Es war erst vier Uhr.

Zehn Minuten später saß Dachs am kieseligen Ufer des Endlos-Sees und aß ein Sandwich mit Erdnussbutter und Gelee. Eine Ringschnabelmöwe kreiste über ihm. *»AU! Ah-Hau. Auauau.«* Wasser schlug an das Ufer: *wuuusch-wuuusch-wuuusch.*

Dachs aß einen Bissen von seinem Sandwich und erinnerte sich: *Der Endlos-See – wo alles begonnen hatte!* Er war in traditioneller Dachsweise aufgewachsen – in einem mit Krallen gegrabenen Dachsbau unter einem Baum. Es war gemütlich gewesen, aber auch dunkel und tunnelig, mit einem Geschwister zu viel (insgesamt vier). Als Kind war Dachs oft dem Getobe und Gerangel entflohen und zum Endlos-See hinuntergelaufen. Hier hatte er einen Stein dreiundzwanzig Mal über die Wasserfläche hüpfen lassen!

Dachs nahm einen der blaugrauen Hüpfsteine und drehte ihn in der Pfote. *Alter Basalt. Präkambrisch.* Damals hatte Dachs noch nicht gewusst, dass seine Lieblingssteine Lava aus einer Vulkanexplosion vor 1,1 Milliarden Jahren waren. Wie dem auch sei, das Suchen nach Hüpfsteinen hatte ihn dazu gebracht, zwischen den Felsen zu stöbern, und dieses Stöbern hatte ihn zu den Achaten geführt.

Dachs hatte seinen Spinnenaugen-Achat nach einem Gewitter gefunden. Gewitter wühlten an der Uferlinie Felsrücken frei, deshalb war Dachs am nächsten Morgen früh aufgestanden. An jenem Tag hatte ein goldenes Licht durch die sich auflösenden Gewitterwolken geschienen. Die Felsen glänzten vom Regen. Er fand den Achat offen auf einem Felskamm liegend. Der Achat war so groß wie eine geballte Faust und voller Farben, Wirbel und Augen. Wegen dieser Augen – Kreisen im Innern von Kreisen (Weiß, Gelb, Schattierungen von Orange und Rot) – hatte Dachs ihn seinen Spinnenaugen-Achat getauft. Es dauerte nicht lange, da tauchten die Fragen auf: Was hatte diese Kreise gebildet? Warum waren einige Stellen des Achats klar und andere trüb? Woher kam die rostrote Farbe? Und so hatte er sich Frage um Frage in die Steinforschung eingearbeitet.

Ja, mit dem Spinnenaugen-Achat hatte alles begonnen.

Fischmarder! Dachs hörte Fischmarders Stimme in seinem Kopf. »Was man gefunden hat, darf man behalten.« Wurf, *klatsch.*

Plötzlich fühlte sich Dachs tief erschöpft und ohne jede Hoffnung. *Was tue ich hier? Mein Spinnenaugen-Achat wird immer mein Stein für den Buchstaben A bleiben!* Bedrückt schluckte er den letzten Bissen seines Sandwichs runter und öffnete den Rucksack.

Die Sonne ging unter. Auf dem Wasser breiteten sich die Farben aus und funkelten. Eine Brise fuhr über die Wasseroberfläche und glitt zurück, riffelte, glättete, kritzelte erneut. Eine Welle brach sich, dann noch eine. Ein Ansteigen, Schieben, Abrutschen – das *Klatsch, Klatsch, Klatsch* von Wasser auf Felsen.

»Ha!« Dachs lachte. Reichte es nicht, dass ihm der Spinnenaugen-Achat den Weg gezeigt hatte? Der Achat hatte ihm gutgetan, wo immer er jetzt auch war.

Als Dachs zum Lagerplatz Nummer 5 zurückkam, schlief Stinktier tief und fest mitten auf der Lichtung. Er lag in seinem Pyjama auf dem Schlafsack, den er von Dachs geborgt hatte. Dachs schnupperte, ob es wohl regnen würde und entschied, dass es okay war, wenn Stinktier im Freien schlief.

Dann bemerkte er den gelben Rucksack. *Hm.* Er ging hin, um ihn zu untersuchen. Einer der zwei Riemen, die den Deckel hielten, war gerissen, aber das Leinen war heil geblieben. *Keine Löcher oder Risse.* Dachs strich mit einer Pfote über den Stoff und schüttelte den Kopf. *Abendrot-Abenteuer.* Auf einem solchen Rucksack konnte man sogar einen Berg hinabjagen und er blieb trotzdem brauchbar.

Aber der gelbe Rucksack war auch voll mit Essen. Deshalb musste er unbedingt vor anderen Tieren geschützt werden. Dachs machte sich einen Knoten im Hirn.

Nachdem er sein Zelt aufgebaut und alle anstehenden Aufgaben erledigt hatte, holte er seine Ukulele heraus.

Biid-el-di-bing!, ertönte sie.

Pip! Biddeli-PIEP!, sang eine Nachtschwalbe.

Er klimperte erneut. *Biid-el-di-bing!*

Pip! Biddeli-PIEP! Biddeli-PIEP! Pip!, sang die Nachtschwalbe.

Was für ein zufriedenstellender Tag, dachte Dachs, als er schließlich in sein Zelt kroch. Er zog sich schnell aus und dann schlief er ein.

5. KAPITEL

Ein RUMMS, gefolgt von einem leiseren *RUMMS*.

Dachs schreckte aus dem Schlaf, warf sich seine Sachen über, riss den Reißverschluss vom Zelt auf und stürzte mit gebleckten Schneidezähnen auf die Lichtung.

»GrrrRRR-OH«, sagte er und blieb abrupt stehen. Beide Rucksäcke lagen auf dem Boden, ein Flaschenzug und ein Seil daneben.

»Du wirst es *nicht* glauben.« Stinktier kam anmarschiert. Er trug den Dreispitz. »Rate mal, wo unsere Rucksäcke heute Morgen waren.« Er wartete Dachs' Antwort nicht ab, sondern deutete großspurig zu dem hohen Baum am Rand von Lagerplatz Nummer 5. »In dem Baum da! Hoch oben – *sehr* hoch! Wer immer das gemacht hat, hat einen Flaschenzug und ein Seil benutzt. Wieso tut jemand so was? Ich habe eine Ewigkeit gebraucht, bis ich meinen Rucksack gefunden habe. Erst als ich hochschaute. Dachs, ehrlich, ich hätte nie gedacht, meinen gelben Rucksack in der Luft hängen zu sehen. Ist ja nun wirklich kein Luftballon!«

Dachs sagte: »Ich war das. Ich habe die Rucksäcke in den Baum gehängt.«

Stinktier starrte ihn an. »Wieso das denn?«

Dachs erklärte es ihm. »Damit die Bären nicht drankommen.«

Stinktier runzelte die Nase. »Wegen *Bären*?«

»Ja, um sie von unserem Essen fernzuhalten.«

»Bären?«

»Vorsicht ist die Mutter der Porzellankiste.«

»HA!« Stinktier bog sich vor Lachen. »Ha-ha-ha-ha-HA!« Er richtete sich wieder auf und klopfte sich auf die Schenkel. »O Dachs, ich bin dir doch voll auf den Leim gegangen. BÄREN – guter Witz. Hätt ich dir (ha-ha-ha) fast geglaubt (ha-ha-ha), dass Bären (ha) ECHT sind (ha-ha-ha-ha).«

Dachs verschränkte die Arme. »Bären *sind* echt.«

»Nein!« Stinktier zog scharf die Luft ein und starrte Dachs lange an. »Willst du mir sagen, im Wald *leben* richtige Bären? Oder willst du so ein Stadt-Stinktier wie mich bloß auf den Arm nehmen?«

Dachs antwortete klar und jedes Wort einzeln betonend: »JA. Im. Wald. Leben. Bären.«

»In echt! Sag bloß.« Stinktier blinzelte und schaute in den Wald rings um die Lichtung. Dann nickte er. »Okay – Bären«, sagte er schließlich mit einem Schulterzucken. Er sah Dachs an. »Und was ist mit Einhörnern? Ich hab mal einen Narwal sprechen hören und was ist wahrscheinlicher? Ein Delfin mit einem Megafon? Oder ein Pferd mit einem Horn?«

Zum Frühstück gab es frische Brötchen *(eine Fünf-Pfund-Tüte Mehl?)* und Eier *(in einem Rucksack?)*, gebraten in der gusseisernen Pfanne *(schwer!)*. Der Blasebalg lag bereit, um – *Pfffft. Pfffft. Pfffft* – das Feuer anzufachen. Und doch musste Dachs zugeben, als er die letzten Tropfen des Lagerfeuer-Kakaos hinunterschluckte, dass dies hier das beste Steine-Expeditions-Frühstück war, das er je auf einer Steine-Expedition gegessen hatte.

»Bravo!«, rief Dachs.

Stinktier zog seinen Dreispitz vom Kopf und verbeugte sich.

Sie wuschen ab. Sie räumten das Lager auf. Sie packten die Tagesrucksäcke. Dann machte sich Dachs an die Arbeit, die zwei großen Rucksäcke zurück in den Baum zu hängen. Stinktier trat zwischen ihn und den riesigen gelben Abendrot-Abenteurer. »Meinst du wirklich, dass das nötig ist? Ist doch sehr umständlich.«

Dachs antwortete: Ein Bär würde *all* unser Essen auffressen.«

Stinktier runzelte die Stirn. »Alles?«

»*Alles.*« Dachs legte seine Pfote auf den Rucksack.

Stinktier sah Dachs mit einem besorgten Blick an, trat aber trotzdem zur Seite. Dachs zog die Rucksäcke hoch und verzurrte das Seil mit einem Knoten.

»AUF ZUR SCHATZSUCHE!«, brüllte Stinktier. Dachs wies den Weg zum Endlos-See. Stinktier sprang voraus. Dachs schnappte sich seinen Tagesrucksack und lief hinterher. Am Endlos-See angekommen, spazierten sie das kieselige Ufer entlang. Eine Stunde später erreichten sie einen Bach. Sie folgten ihm in den Wald. (»Wald«, flüsterte Stinktier.) Nach einer Viertelstunde hörte Dachs Achtelnoten, Triolen und synkopisches Geplapper. Das Ufer wurde abschüssig. Sie folgten einer dicht begrünten Bachkrümmung und …? Der Wasserfall! Das Wasser stürzte von oben herab und ergoss sich von einem Felsvorsprung zum andern. Mit *Rat-a-tat*, Trommelwirbeln und einem regenbogengischtigen WUUUUUUUSCH rauschte es in das Becken darunter.

Stinktier grinste und stemmte die Pfoten in die Hüfte. »Das sieht extrem nach einem Schatz-Fundort aus.«

»Ja, das stimmt. Wir sind am Ziel – glaube ich jedenfalls.«

»DAS SCHATZ-ZIEL!« Stinktier warf den Rucksack ab

und öffnete ihn. Im nächsten Moment watete er bereits mit dem Dreispitz auf dem Kopf und einem Blechteller in der Hand in den Bach.

»Was machst du da?«, fragte Dachs.

»Nach Achaten schürfen natürlich!«, antwortete Stinktier. Er steckte eine Pfote ins Wasser und zog sie voller Steine wieder heraus. Er stapelte die Steine auf dem Teller und schüttelte ihn. »Ah!«, sagte er schließlich, klaubte sich einen Stein weg und steckte ihn in seine Tasche.

Dachs nahm den Wasserfall in sich auf. *Wichtige Steinforschung – los geht's.* Er packte den Rucksack aus und hängte seinen Steinhammer, den Meißel und eine Bürste an den Werkzeuggürtel. Er legte sich die Schnur seines Vergrößerungsglases um den Hals. Er band sich das Tuch um den Kopf. Dann erspähte er einen interessanten Stein *(ha)* und ging hin, um ihn zu untersuchen (hm).

Und so verging der Morgen.

Das Mittagessen bestand aus den restlichen Brötchen, drei Müsliriegeln und zwei Salzbrezeln. Beim Essen verglichen sie ihre Funde. Stinktier kippte eine Ladung winziger Achate in Dachs' Pfote. Dachs sortierte sie mit seinen Krallen. »Hm … Ja, ja … aha.«

Stinktier sah zu, dann sagte er: »Der da gefällt mir am besten« und zog einen feinkörnigen Basaltbrocken aus der Tasche.

»Schau!« Er tippte mit der Kralle auf einen gestreiften Achat, der in dem Basalt steckte.

Dachs grinste. »Ein eingebetteter Achat – sehr hübsch!«

Dann zeigte er Stinktier den Moosachat, den er gefunden hatte (»Wachsen da Pflanzen drin?«) und einen großen Brocken von schwarzem und rotem Jaspis (»Schöne Farben. So samtig.«).

Nach dem Essen verkündete Stinktier: »Zeit für ein Nickerchen. Ich werde unter dem Baum da drüben schlafen.« Er deutete auf die Stelle.

Ein Mittagsschläfchen unter dem Blätterdach eines Baums klang sehr verlockend, aber Dachs hatte Wichtige Steinforschung zu erledigen und jede Minute zählte. *Konzentrier dich, konzentrier dich, konzentrier dich.*

Dachs beugte sich gerade über das Becken unter dem Wasserfall, als er hinter sich Schritte hörte.

»Na so was! Hallo, Dachs.«

Diese Stimme. Dachs erstarrte.

»Auf Achatsuche? Mal wieder? Ho-ho!«

Dachs schüttelte Wasser von seinen Krallen und drehte sich um.

Da stand er. Dachs musterte den Strohhut, den gestreiften

Leinenanzug, den Spazierstock und die zitronengelben Slipper. »Was willst du, Fischmarder?«

»Steht es so um uns, Vetter?« Fischmarder gab sich entsetzt. »Oje – ich dachte, wir wären Freunde.«

Dachs schnaubte. »Freunde klauen einander keine Steine.«

Fischmarder neigte den Kopf zur Seite und warf Dachs einen mitleidigen Blick zu. »Immer noch sauer deswegen? Ach, Dachs – lass die Vergangenheit ruhen.«

»Der Spinnenaugen-Achat gehörte der Wissenschaft«, fauchte Dachs.

»Ho!« Fischmarder lachte. »Ist ›Spinnenaugen-Achat‹ dann also sein wissenschaftlicher Name? Und was wusstest du damals schon von Wissenschaft?« Fischmarder stieß den Spazierstock in seine Richtung. »Damals warst du doch bloß ein Dachs, der zufällig einen schönen Stein gefunden hatte. Du hättest dich beim Marderfamilienfest mal sehen sollen! Ho-ho!« Er schüttelte den Kopf und kicherte. »Das ganze Wochenende hast du bloß mit großen Augen vor deinem Achat gesessen.« Er beugte sich näher heran. »Wahrscheinlich hab ich dir einen Gefallen getan.« Fischmarder schob eine Pfote in seine Hosentasche und irgendwas klackte.

Dachs konnte sich nicht zurückhalten. Er *musste* es einfach wissen. »Was hast du mit ihm gemacht?«

Fischmarder sah Dachs an. »Ho! Du willst immer noch

einen simplen *Achat*? Ein bedeutender Steineforscher wie du? Ho-ho!« Er stieß den Spazierstock auf den Boden.

»Du hast vielleicht Nerven«, fauchte Dachs.

Fischmarder nickte. »Ja, hab ich. Mir gefällt der Gedanke, starke Nerven zu haben.« Er zog seine Pfote aus der Tasche und streckte sie aus. »Was hältst du von denen?«

Dachs schaute. Es war eine Pfote voll winziger Achate. Einer von ihnen steckte in Basalt. Dachs stürzte sich auf ihn.

Fischmarder zog die Pfote blitzschnell zurück. »Ist dieses Stinktier dein Freund? Wie unerwartet! Dachs und ein Stinktier? Du bist doch so einladend wie ein spitzer Stock. Und Stinktiere?« Fischmarder lüpfte seinen eleganten Schwanz und hob eine Augenbraue.

»Mit wem ich meine Zeit verbringe, geht dich überhaupt nichts an.« Dachs verschränkte die Arme und lehnte sich zurück.

»Ho-ho!« Fischmarder lachte in sich hinein. »Dein Stinktier-Freund hat fest unter einem Dreispitz geschlafen und vorher die Steine schön im Kreis um sich rumgelegt. Wie konnte ich da widerstehen?« Fischmarder spielte mit dem Inhalt seiner Hosentasche.

»Verschwinde von hier, Fischmarder.« Dachs ruckte mit dem Kopf in Richtung »Verschwinde«.

»Dachs, der Abweisende? Der Ungastliche? Ehrlich gesagt hab ich nie verstanden, was Tante Lula in dir eigentlich sieht? Aber Familie ist nun mal Familie, und es muss hart sein, sich mit Steinforschung auf dem Gebiet der Achate durchzuschlagen.« Fischmarder griff in seinen Leinenanzug, zog eine Visitenkarte heraus und wedelte mit ihr in der Luft. »Wenn du irgendwann Hilfe brauchst, hier kannst du mich finden.«

Dachs schnaubte.

Fischmarder legte die Karte auf einen Felsen, sah Dachs an und tippte sich dann mit dem Spazierstock gegen seinen Strohhut. »Du bleibst immer ein Marder, Vetter.« Er drehte sich um und Dachs sah ihn am Bach entlang davongehen.

Als er außer Sicht war, nahm Dachs die Karte und las:

F I S C H M A R D E R

SCHATZHÄNDLER

ICH FINDE, WAS NICHT

ZU FINDEN IST.

ANFRAGEN MITTWOCHS

WESTERWALD, HOHLEICHENWEG, SUITE 2302

»IstjetzteinegroßeNummer«, hatte Tante Lula beim letzten Mal gesagt, als sie sich trafen. »ErmagmeineschönenMarderporzellanfigürchennicht.«

Dachs durchquerte den Bach, um zu Stinktier zu gehen.

Unter dem Schlafbaum fand er zwar eine stinktierförmige Vertiefung, aber kein Stinktier.

Etwas Rotes flipp-flappte im Baum. Dachs trat näher heran. Ein Stück Bastelpapier war auf einen Zweig gespießt. Mit dickem Markerstift stand DACHS drauf geschrieben.

Dachs zog den Zettel von dem Zweig ab und las:

Bin einem Freund begegnet. Treff dich zum Abendbrot am Lagerplatz Nummer 5.
Stinktier

PS: Hab im Schlaf all meine Steine verloren. Rennen Steine weg? Ich weiß, dass Steine rollen können, aber nun frage ich mich, ob sie auch rennen.

Konnten Steine rennen? *Nur, wenn Fischmarder in der Nähe war.*

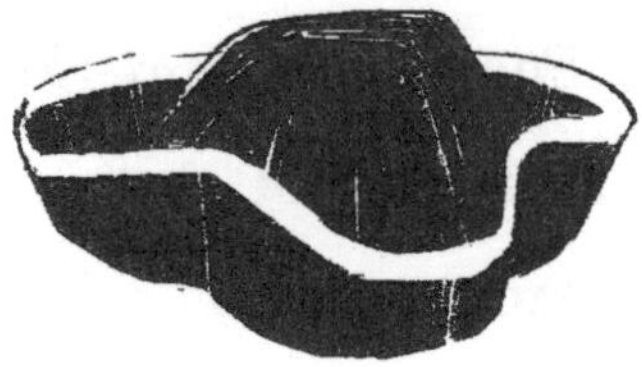

6. KAPITEL

Pffft. Pffft. Pffft, hörte Dachs, als er sich dem Lagerplatz Nummer 5 näherte.

Stinktiers Stimme tönte den Weg entlang. »Aber man muss graben. Hast du mal seine Schaufelkrallen gesehen? Da muss der Fund schon sehr, *sehr* alt sein, um sein Interesse zu wecken.«

Muss dieser Freund sein, überlegte Dachs.

Als Stinktier Dachs kommen sah, sprang er auf, mit dem Blasebalg in der Pfote. »Dachs! Da bist du ja! Hallo!«

Dachs spürte, dass er irgendwas unterbrach.

Stinktier zeigte mit einer schwungvollen Geste auf den Baumstamm vor dem Lagerfeuer. »Wir haben einen Gast.«

Das Einzige, was Dachs auf dem Stamm sah, war der Dreispitz.

Doch dann entdeckte er es. Auf der dritten Hutecke saß ein

winziges oranges Huhn, so groß wie ein Stiftebecher. Dachs strahlte. »Winziges kleines Huhn!«

Stinktier zischte ihn an: »›Winziges kleines Huhn‹ ist eine Beschreibung, aber kein Name.«

»Das Huhn hat einen Namen?«

»Bock!« Das Huhn plusterte sich auf und warf Dachs einen Blick zu (erst mit dem linken Auge, dann mit dem rechten. Plinker, plinker.) »Bock-bock-ga«, sagte das Huhn betont.

Dachs zuckte zusammen und warf Stinktier einen Seitenblick zu.

Stinktier zog beide Augenbrauen hoch und nickte.

Das winzige kleine Huhn trippelte auf Dachs zu. »Bock-bock-ga.« Es sah ihn mit dem rechten Auge an, mit dem linken, rauf, runter, plinker. »Bock-bock-ga.«

»Mach schon«, sagte Stinktier.

»Ich kann nicht«, sagte Dachs.

»Doch, du kannst!«

»Heiliger Schlickschlamm«, murmelte Dachs. Er holte tief Luft und sagte: »Bock. Bock. Ga?«

Stinktier keuchte. »Bock bock ga? Das Huhn hat ›Augusta‹ gesagt. Und sie hat extra ganz langsam gesprochen. Kann es sein, dass du den Hühnerdialekt *immer* noch nicht verstehst? ›Bock‹ ist *kein* Wort.«

Dachs sah ihn an.

Stinktier taxierte Dachs. »Ja. Du hast regelmäßigen Unterricht in Hühnerdialekt dringend nötig.«

»Entschuldigung«, murmelte Dachs. Er hatte eine Tüte mit Hühnerfutter entdeckt, in der eine Suppenkelle steckte. Neben der Tüte lag der Dreispitz. Der Hut war voll Futter. Dachs schaufelte immer noch mehr Futter in den Hut, danach setzte er sich und stützte den Kopf in die Hände.

Er hörte ein Flattern und ein Kratzkratz. Dachs schaute hoch und sah das Huhn auf seinem Knie stehen.

Winziges oranges Huhn!, dachte er. *Nein, Augusta. Sag Augusta.*

»Augusta«, brachte er endlich heraus.

»Bock«, sagte Augusta und beäugte ihn (rechts, links, rechts).

Dachs räusperte sich und brachte zögernd hervor: »Ich bin so froh, dass du hier bist, Augusta. Du weißt, dass du im Backsteinhaus immer willkommen bist, oder?«

Augusta neigte den Kopf zur Seite. »Booock?« Ihr Hals reckte sich. Sie blinzelte Dachs plinker-plinker an.

Dachs nickte heftig. »Wirklich. Immer. Ganz ehrlich. Ich freue mich jedes Mal, dich zu sehen.«

»B-bock bock bock-bock?« Augusta starrte ihn an (rechtes Auge, linkes Auge, rauf, runter).

Dachs glaubte, dass sie ihn verstand. »Ja, und *du* darfst mich auch in meinem Steinzimmer besuchen. Es wäre mir eine große Ehre.«

»Bock-bock.« Mit einem schnellen Trippeltrippel sprang sie von seinem Knie, dann flitterflatterte sie zu dem Dreispitz und aß. Alles schien gut.

Zum Abendessen backte Stinktier Brot auf flachen *(Basalt-)* Steinen. Außerdem gab es wilden Knoblauch, gebratenen Reis und einen Löwenzahnsalat mit einer Olivenöl-Senf-Ahornsirup-Vinaigrette. (»Siehst du die vielen Löwenzahnblätter? Wir haben förmlich in Salat geschlafen.«) Während er den gebratenen Reis mit dem Göffel auftat, erzählte Dachs Stinktier und Augusta von seinem Vetter Fischmarder.

»Das ist eine beunruhigende Geschichte«, sagte Stinktier. »Ein böser Marder *(ein Vetter!)* klaut deinen Spinnenaugen-Achat und kommt damit durch? Wo bleibt da die Gerechtigkeit?«

»Fischmarder ist jetzt am Endlos-See.«

Augustas Kopf schoss aus den Federn hoch. »Bock!«

Dachs erzählte, dass Fischmarder inzwischen im Schatzhandel tätig sei. »Es muss am See etwas geben, das er unbedingt haben will. Aber uns wird er in Ruhe lassen. Achate bringen nicht so viel ein, dass sie für einen Schatzhändler interessant wären.«

»Bock!« Augusta drehte den Kopf zu Stinktier. »Bock-bock-bock. Bock-bock.«

Stinktier warf einen Blick zu Dachs und sagte leider nicht leise genug: »Aber Augusta, ich hab es doch versprochen. Ich kann nicht einfach …« Er sah Dachs an und schwieg.

Dachs zog die Augenbrauen zusammen. »Was hast du versprochen?«

Augusta und Stinktier erstarrten.

Dachs schaute zwischen ihnen hin und her und merkte, dass sie es ihm nicht sagen wollten. Das tat weh. Er atmete aus *(Na gut!)* und beschloss, es dabei zu belassen.

»Noch etwas, Stinktier«, sagte er. »Fischmarder hat deine Steine geklaut. Ich hab deinen eingebetteten Achat in seiner Pfote gesehen, aber ich konnte ihn nicht zurückholen.«

»Das ist also passiert!« Stinktier wedelte mit der Pfote, als wenn Dachs' Worte eine Mückenwolke wären. »Mach dir wegen der Steine keine Gedanken, Dachs. Morgen find ich neue. Das Finden ist ja das Schönste an der Sache. Du solltest es auch mal mit Achatewaschen probieren. Kann ich echt nur empfehlen.« Stinktier unterbrach sich kurz und grinste dann. »Hey, es ist Sonntag und ich hab noch nicht ein Mal an die Literaturbeilage der *Hühnerfurter Rindschau* gedacht. Ich liebe Steine-Expeditionen!«

Dachs lächelte.

Der Abend endete mit dem erneuten Hochziehen der Rucksäcke in den Baum. Dann rollte Stinktier mitten auf der Lichtung seinen Schlafsack aus und zog seinen Pyjama an. »Gute Nacht«, sagte er und rollte sich schließlich zum Schlafen zusammen.

Auch Dachs legte sich kurz danach hin. Im Zelt entdeckte er Augusta, die auf seinem Tagesrucksack hockte.

Seine Ukulele lag in der gegenüberliegenden Ecke. Dachs schnappte sie sich und zupfte mit der Kralle an einer Seite: *Pling!*

Fischmarder war wirklich der Letzte, dem er begegnen wollte.

Er zupfte an einer anderen Saite. *Pling!*

Aber Achate besaßen keine Schatzhandels-Qualität – alle Tiere wussten das. Fischmarder war vielbeschäftigt. Er würde sie garantiert in Ruhe lassen.

Biid-el-li-bing machte die Ukulele, als Dachs mit einer Kralle über die Saiten fuhr.

»Bock-bick-biek-brrrrring«, sang Augusta.

Dachs lachte. »Ha! Gute Nacht, Augusta.«

»Bock-bock.« Augusta plusterte ihre Federn auf und schob dann den Kopf unter einen Flügel.

Dachs legte die Ukulele weg und kroch in seinen Schlafsack. *Morgen – Achate. Wichtige Steinforschung. Konzentrier dich … konzentrier … kon …* Dachs schlief ein.

7. KAPITEL

»Brrrrrrrrrrrrrrrock. Brrrock-brrrock-brrrock.«

Dachs schlug die Augen auf und sah Augusta, wie sie sich oben auf dem Rucksack putzte. »Guten Morgen, Augusta«, sagte er.

Augusta neigte den Kopf zur Seite und sah ihn an (rechtes Auge, linkes Auge, plinker-plinker). »Bock.« Sie flatterte vom Rucksack, zog den Zelt-Reißverschluss auf und verschwand.

Die Zelttür flappte im Wind. *Sie heißt Augusta.* Dachs lächelte und setzte sich auf. Dann zog er sich an. *Lagerfeuer-Kakao!*

Pffft. Pffft. Pffft. Stinktier fachte das Feuer mit dem Blasebalg an. Er hatte den Dreispitz auf. Dachs schlurfte noch müde an ihm vorbei und zeigte zum Baum. »Ich hole die Rucksäcke.«

Stinktier legte den Blasebalg zur Seite und folgte ihm. Und sofort begann er zu reden. »Ich hab dich heut Nacht gehört. Du hast was zu essen gesucht, Dachs. Ich hab ja genug mitgenommen! Und so viele Picknicks, wie ich erwartet hatte, gab es bis jetzt auch noch nicht. Außerdem haben wir bisher nur Augusta als Gast.«

Ich war letzte Nacht nicht hier draußen. Dachs schlurfte schläfrig weiter. *Lagerfeuer-Kakao. Ich brauch Lagerfeuer-Kakao.*

Stinktier lief neben ihm her. »Du kannst es nicht bestreiten, Dachs. Ich hab dich gehört. Stapf. Stapf. Schnupper! So klang das. Und dein Atem war ein Schlag voll in die Schnauze! Was ich sagen will: Du musst die Rucksäcke nicht mehr zurück in den Baum hängen. Lass sie unten und gönn dir einfach einen Mitternachtssnack, wenn du Hunger hast. Teil deinen Snack von mir aus mit Bären! Oder wer sonst einen will!«

Stapf, stapf? Stapfe ich? Dachs schob eine Kralle in den Knoten und löste ihn. Er hatte das vage Gefühl, in der Nacht auch ein Stapfen gehört zu haben. Und was hatte Stinktier über seinen Atem gesagt? Dachs rief sich den Satz in Erinnerung, presste die Lippen zusammen und sah Stinktier an, während er das Seil hinabließ.

Stinktier klatschte seine Pfote gegen den Baumstamm und

lehnte sich an. »Was sagst du dazu, Dachs? Was hältst du vom Teilen?«

Dachs hielt inne. »Man teilt nicht mit Bären. Und außerdem: Ich war letzte Nacht nicht draußen und hab was zu essen gesucht.«

Stinktier schnaubte. »Hauch mich mal an!«

Dachs erkannte, dass er seinen Lagerfeuer-Kakao nicht kriegen würde, bevor er es tat. »Huuuuuuuh«, atmete er Stinktier an.

»Hui!« Stinktier wedelte mit der Pfote und trat einen Schritt zurück. »Aber stimmt, letzte Nacht war dein Atem schlechter.«

»Nicht *mein* Atem!«, sagte Dachs. »Und ich *stapfe* auch nicht. Ich tappe. Das ist ein Unterschied.«

»Ja, ein *S* und ein *P*.«

»Stinktier, nur *große* Tiere stapfen.«

»Wie große?« Stinktier musterte ihn. »Du bist ja wohl groß genug, um ein paar Mal zu stapfen und kräftig zu schnüffeln.«

Dachs sah in den Baum hoch. »*Bären*große.«

Stinktier starrte mit weit aufgerissenen Augen in den Wald. »Vielleicht sollten wir die Rucksäcke doch lieber weiter in den Baum hängen.«

Sie zerrten den gelben Rucksack zu der Feuerstelle und Dachs eilte davon, um ein bisschen Atempflege zu betreiben. Während er die Zähne putzte, hörte er Stinktier sagen: »Ich hab's Dachs versprochen. Bist du sicher, dass das nötig ist?«

»BOCK. Bock-bock!«

»Dass was nötig ist?«, fragte Dachs, als er neben sie trat.

Bei der Frage verstummten Stinktier und Augusta. Stinktier hatte eine Kelle voll Teig in der Hand. Augusta stand auf dem Dreispitz. Sie blinzelten zu ihm hoch. Und schwiegen.

Dachs starrte sie an. Was lief hier? Er konnte jetzt echt einen Lagerfeuer-Kakao gebrauchen!

»Äh, Dachs?« Stinktier legte die Kelle beiseite, zog die Bratpfanne vom Feuer und zuckte zusammen, als er Dachs' Blick sah. »Hättest du was dagegen, wenn ich heute mal mit Augusta verschwinde? Sie will mir was zeigen. Ich versprech dir, morgen such ich auch wieder Achate mit dir.«

Irgendwas läuft hier, dachte Dachs, während er Lagerfeuer-Kakao trank. Er ließ den Becher sinken und brachte heraus: »Kein Problem, ist ja bloß *ein* Tag.« Während er dann sein Frühstück aus Maiskuchen mit Marmelade aß, beschloss er, den beiden heimlich zu folgen.

Dachs wusch schnell ab. Er zog die Rucksäcke wieder in den Baum hoch. Dann schob er seine Arme durch die Gurte des Tagesrucksacks und sagte laut und deutlich: »Wichtige Steinforschung. Konzentrier dich. Konzentrier dich. Konzentrier dich.« Und während er den Weg zum Endlos-See hinabging, rief er: »Genießt euern Tag! Ich bin dann mal weg!« Als er außer Sicht war, kehrte er wieder um und versteckte sich hinter einem Baum, mit Blick auf Lagerplatz Nummer 5.

Er musste nicht lange hinter dem Baum warten. Stinktier warf sich den Tagesrucksack über die Schulter und zog den Dreispitz auf. Augusta schob ihre winzige Hühner-Stirnlampe am Kopf zurecht und landete schließlich hüpf-hüpf-flatter-flatter auf Stinktiers Hut. Sie ließ sich hinter der vorderen

Spitze nieder und wedelte mit einem Flügel in Richtung Wald. »Bock!«

Mit einem freudigen Hüpfer machte sich Stinktier auf.

Dachs folgte ihnen. Er sprang zick hinter Bäume und zack um Felsbrocken herum. Er tauchte ab und tauchte wieder auf. Er wartete … bevor er von Neuem losspurtete. Tipptipp auf Klauenspitzen, husch hinter Baumstümpfe, schlitter zum nächsten Aussichtspunkt. Er schaute in alle Richtungen … und? *LOS!* Er jagte mit gesenktem Kopf bis zum nächsten Baum und richtete sich auf. Er presste den Rücken gegen Baumstämme und flitzte weiter *(lautlos!)*. Er sah, wie Stinktier sich vor Lachen krümmte und auf die Schenkel schlug. »Ha ha ha ha ha!« Der Hut kippte nach vorn. Augusta krallte sich mit einem Fuß fest. »BOCK! B-bock!« Stinktier richtete sich schnell wieder auf. »Vergessen – nicht verneigen, nicht verbeugen, nicht den Hut lupfen zum Gruß.« Augusta ließ einen Flügel kreisen, ob er nicht verstaucht war. »Bock!« Und dann waren sie wieder unterwegs.

Dachs folgte Augusta und Stinktier durch den Wald, bergauf und bergab. Einmal überquerten sie einen Felskamm. Dann erreichten sie eine Wiese. Auf der anderen Seite der Wiese ragte eine riesige Felswand auf.

Nichts zum Verstecken! Dachs schaute in beide Richtungen, blinzelte zu der Felswand hinüber *(Gabbro-Intrusion)* und ließ sich ins Gras fallen. Er landete *(autsch!)* auf einem porphyrischen Rhyolit-Stein. Es überkam ihn der Drang, den Stein zu untersuchen.

Rühr den Rhyolit nicht an!

Dachs berührte den Rhyolit.

Seine Gedanken tauchten ins Gestein ab. Mit einer Kralle kratzte er an einem rosafarbenen Feldspat-Kristall, danach an weißem Quarz. *Die Kristalle sind auffallend.* Er kratzte an dem roten Rhyolit. *Vulkanisch.* In seinen Gedanken stieg Lava auf. Dachs blinzelte wieder den Stein an. *Ein typisches Exemplar von porphyrischem Rhyolit.* Er warf den Stein beiseite, blickte auf und sah, wo er war.

Er stand auf der Wiese. *Voll im Blick.*

Eigentlich eine Katastrophe.

Aber Dachs war allein. Er stand vor einer riesigen Gabbro-Felswand. Wo waren Stinktier und Augusta? Sie standen nicht *auf* der Wand, sie standen nicht *neben* der Wand. Nicht hier. Nicht da. »Unmöglich … unmöglich«, murmelte Dachs vor sich hin, nachdem er sich einmal im Kreis gedreht hatte.

Es war eine Sackgasse und er hatte Stinktier und Augusta verloren.

8. KAPITEL

Dachs schlug mit der Pfote gegen die Felswand. Dann seufzte er einmal schwer, lehnte die Stirn gegen den Stein und schloss die Augen.

Ein leises Geräusch. »Bock-bock.«

»Ist da wer?«

Eilig drückte Dachs sein Ohr an die Wand und hörte: »Bock-bock bock-bock.«

»Der bunte Bär mit der langen Schneiderscher!« Gefolgt von: »Ha, ha, sehr gut!« und »Schau, diesmal hab ich mich nicht vorgebeugt.«

Stinktier! Dachs sah in beide Richtungen, danach auf und ab. *Es muss einen Weg hinein geben. Oder drum herum. Oder drunter durch. Aber wo? Wo?* Er lief die Felswand entlang. *Ein abgebrochener Zweig! Und ein oranger Federbausch!* Dachs nahm den

Bausch hoch. *Hm.* Er schob den Zweig zur Seite und entdeckte einen hühnerbreiten Pfad. Er folgte ihm. Der Pfad wand sich. Zweimal machte er eine Schleife, lief um eine Kurve und endete an einem Loch.

Dachs hob einen Stein auf. Er dachte an den Rhyolit und warf den Stein in das Loch, ohne es vorher zu untersuchen.

Der Stein traf mit einem hohen »Tschipp« unten auf.

Das »Tschipp« hallte als Echo zurück. *TSCHIPP-TSCHipp-tschi.*

»Aha«, sagte Dachs. Er schwenkte seine Schaufelkrallen und verbreiterte das Loch. Dann sprang er hinein.

Er landete (»BONK!«) im Dunkeln auf einem Steinboden.

»BONK-onk-onk!«, antwortete das Echo.

Ein kalter, feuchter Luftzug.

Eine Höhle!

Es dauerte einen Moment, bis sich Dachs' Augen an das Dunkel gewöhnt hatten, aber dann sah er, dass er tatsächlich in einer großen Höhle stand. Ein Licht flick-flack-flackerte aus einem Gang am anderen Ende. *Augustas Stirnlampe!* Sein Herz schlug schneller. Dachs folgte dem Licht durch die Höhle und in den Gang hinein. Die Stimme von Stinktier war jetzt klar und deutlich zu hören: »Das wird nicht leicht, Augusta. Wir brauchen Hilfe.«

Das Licht nahm einen warmen gelben Schein an, als wenn

Augustas Stirnlampe etwas Goldenes anleuchten würde. *Gold? Am Endlos-See?* Gold ergab geologisch überhaupt keinen Sinn. Dachs versuchte den Gedanken zu verscheuchen. Aber was sollte es sonst sein?

Er wollte es wissen. Dachs lief den Gang entlang, glitt in den hinteren Teil der Felskammer und spürte, wie ihm die Kinnlade runterfiel.

Vor ihm? Eine Wand aus Bernstein. *Bernstein. Golden.* Und das war noch nicht alles! In der Mitte der Bernsteinwand befand sich ein Ei – ein versteinertes Ei. Es war ein Ei von unglaublicher Größe. Das Ei war dreimal so groß wie Dachs. *Mindestens* dreimal!

Das riesige versteinerte Ei steckte in einer Wand aus Bernstein.

Stinktier und Augusta hatten ihn nicht bemerkt. Sie standen weiter drinnen in der Höhle, näher an der Wand, mit dem Rücken zu ihm, in eine hitzige Diskussion vertieft. Aber Dachs kümmerte es nicht mehr, ob sie ihn sahen. *Das Ei! Das Ei!* Er hatte noch nie so ein großes Ei gesehen!

Und da war noch etwas. Er war sicher, etwas *in* dem Ei gesehen zu haben – nur ganz kurz. Oder er glaubte es zumindest. Es war so gut wie unmöglich. *Licht! Ich brauche mehr Licht!* Dachs nahm den Rucksack ab, zog den Reißverschluss auf und kramte darin rum. Dann endlich schloss sich seine Pfote um das kühle Metallgehäuse der X34, dem Lichtstrahl im Taschenformat, den Dachse überall in der Steinforschung bevorzugten. »Ein Kometenschweif in deiner Tasche«, prahlte die Werbung. *Das* konnte Dachs nicht bestätigen, aber die X34 hatte sicher genug Lumen, um einen Raum zu erhellen.

Oder – in diesem Fall – ein Ei. Dachs richtete sie auf das Ei und drückte den Gummiknopf.

Licht durchflutete die Höhle.

Dachs stöhnte. »DER SCHATZ! EIN EI!«

Licht aus einer Hühner-Stirnlampe blendete ihn. Dachs hörte: »Es ist zu spät, Augusta. Er hat es gesehen.«

»Bocketi-bock!«

»Ja, Dachs hat sich schlecht benommen.«

»Bock.«

»Er hat sich angeschlichen.«

»Bock bockel.«

»Er hat uns bespitzelt.«

»Bocketi bocketi bock!«

»Aber Augusta, Dachs ist jetzt hier und Dachse sind bekannt für ihr Ausgrabungsgeschick. Schau dir seine Schaufelkrallen an. Die können wir gut brauchen.« Dachs hörte ein Zischeln an seinem Ohr: »Ich habe versucht, Augusta zu überzeugen, dass wir dich um Hilfe bitten!«

Doch Dachs hörte ihn kaum. Er hielt seine X34-Lampe

Eine Höhle!

ruhig. Er richtete den Strahl auf das Ei. Das Licht erstrahlte und strahlte *hindurch* – durch den Bernstein hindurch, durch die Eierschale *und*…

»Oh«, stieß er hervor. Ihm wurde warm ums Herz. In dem Ei lag eng zusammengerollt ein Dinosaurier. Seine Augen waren von schweren Lidern bedeckt, als wenn er bloß schliefe. (Pssssst!, hätte Dachs fast gesagt.)

Augusta murmelte leise: »B-bock-bock-bock.«

»Nuckelt er an seinem Schwanz?«, fragte Stinktier.

Ja, der Dinosaurier schien an seinem Schwanz zu nuckeln!

Die X34 in der Hand, taumelte Dachs dem Bernstein-Ei mit dem Dinosaurier entgegen. »Was für ein Ei! Kreidezeit oder Jura? … Jura … Ja, Jura. Wieso hast du *mir* das nicht erzählt? Wieso bist du damit nicht zuerst zu mir gekommen?« Dachs hielt eine Pfote hoch, wie ertappt. »Ich weiß, ich weiß. Gewöhnlich habe ich keine Zeit für Dinosaurier. Aber das hier? DIESES EI? Diese Erhabenheit. Diese Textur. Die Art, wie es schimmert. Und mit einem Dinosaurier drin.« Dachs schüttelte bewundernd den Kopf. »Wissenschaft und Kunst! Schönheit und Kraft! ZERBRECHLICHKEIT UND STÄRKE. Die Forschung wird erblühen! Wissen wird wachsen! Oh, die Entdeckungen, die aus solch einer Inspiration hervorgehen werden!«

Dachs wagte noch immer kaum zu atmen. Er lief hin und

her, mit der X34 in der Pfote. Sein Lebenssinn schimmerte in Bernstein vor seinen Augen. Das Ei – der Dinosaurier! – war die Bestimmung, für die er lebte, atmete und grub. Er *musste* es haben. Er *musste* vortreten und zugreifen. Kuratieren! Er *musste* sammeln, aufstellen, anstrahlen.

Dachs machte einen Schritt auf das Ei zu.

Augusta brach in eine wild flatternde Unruhe aus. »BOCK! Bock-bock-bocket.« Irgendwas schlug Dachs hart gegen das Schienbein. Schmerz! Aber Dachs' Blick fixierte weiterhin das Bernstein-Ei.

Stinktier packte seinen Arm. »DACHS, stopp. STOPP. Bitte! Augusta hat mir gesagt, dass das passieren würde. Sie meinte, du würdest ei-notisiert werden. EI-NO-TISIERT. Widersteh, Dachs, WIDERSTEH!«

Dachs schüttelte Stinktier ab.

»Das hier ist nicht für die Wissenschaft, Dachs. Das ist nur für Hühner. Die Hühner haben dieses Ei schon sehr, sehr lange gehütet.«

»Brrrr-bock-bockel.«

Dachs hörte Augusta. »Hühner?«, sagte er. Er wandte den Blick von dem Ei und sah sie. Augusta ruckte mit dem Kopf (rechts, links, rechts). Sie schwang erst den einen Flügel, dann den andern. »Bock! Bockel!« Sie marschierte auf und ab. »Bocketi! Bock-bock-bockel!«

Plötzlich verstand Dachs. Er sah Stinktier an. »Wie lange haben die Hühner das Ei gehütet?«

»Seit Generationen. Hühner von Hühnern von Hühnern (und wahrscheinlich noch von viel mehr Hühnern). Wir müssen das Ei wegbringen. Nutz deine Schaufelkrallen für einen guten Zweck, Dachs!« Stinktier nickte. »Du bist nicht die einzige Gefahr. Die Kunde ist nach außen gedrungen.«

»Bock.«

»Nach außen gedrungen? Zu wem?«

»Nur zu meiner Wenigkeit«, sagte eine Stimme hinter ihnen.

9. KAPITEL

Diese Stimme – Dachs erstarrte.

»Ist der Dinosaurier nicht wunderbar? Ho-ho. Wirklich ein echter Schatz!«

»Fischmarder«, fauchte Dachs. Er drehte sich um. Stinktier und Augusta taten es ihm gleich.

»Vetter«, sagte Fischmarder und schirmte seine Augen vor Augustas grellem Stirnlampenstrahl ab. »Was ist aus deiner Wichtigen Steinforschung geworden? Ging es da nicht um Achate? Was ist denn mit dem ›Konzentrier dich, konzentrier dich, konzentrier dich‹?«

Dachs ballte eine Pfote und schluckte schwer. Dann nickte er Augusta zu und trat vor. »Hör zu, Fischmarder. Das hier ist kein Schatz zum –«

»Schatz? Was weißt du denn von Schätzen?«, unterbrach ihn

Fischmarder. »Aber egal, Dinosaurier, Fossilien, Eier in Bernstein sind ja wohl kaum dein Ding. Erinnerst du dich, was du mir beim Familienfest der Marder erzählt hast?«

»Fischmarder, das Ei darf nicht mitgenommen und verkauft werden«, erklärte Dachs mit Nachdruck.

»Wieso erinnere ich mich nicht mehr an deine exakte Formulierung?« Fischmarders Blick glitt in die dunklen Schatten über ihnen.

»Fischmarder – das Ei! Es ist von persönlichem Wert. Es hat eine entscheidende Bedeutung für eine ganze Gruppe von Tieren. Sie hüten dieses Ei schon sehr, sehr lange. Du musst das Ei hierlassen!«

»Bock! Bock-bockel bock-bock!«

Fischmarder fuhr seine Krallen aus und zeigte auf Dachs. »Jetzt weiß ich es wieder! Du hast gesagt, Dinosaurier und dieser ganze Fossilienkram seien viel zu jung, zu unreif, *nicht alt genug*, um von Interesse zu sein. Du hast gesagt, du ziehst das Studium der Steine den Dinosauriern *vor*. Ich erinnere mich an ein verächtliches Schnauben. Ich fand das hochnäsig. Aber was soll's, es gibt genügend Interessenten, die sich für solche Dinge begeistern. Sie sind – das garantiere ich dir – allesamt Romantiker.« Er sah zu dem Ei und stöhnte. »Oh, ein Baby-Dinosaurier. Unwiderstehlich. Ho-ho! Hat man je eine solche Schönheit gesehen? Dachs, ich nehme gerne, was du nicht wertschätzt. Du kannst die Achate, die Lava und den präkambrischen Schleim haben.«

Dachs schnaubte. »Präkambrische Stromatolithen sind lebende Steine, Steine aus Cyanobakterien, die Kalk ausscheiden. Sie sind kein Schleim. Ein bisschen Respekt bitte.«

Neben ihm sagte Stinktier zu Augusta: »Wieso spricht der eigentlich nur mit Dachs. Wir sind doch auch hier. Sind wir etwa unsichtbar? Ich glaube nicht!«

»Bock!«

Dachs sah, wie sich Stinktiers Schwanz vom Boden hob, und zischte: »Stinktier, lass mich das klären.«

Er sah Fischmarder an und fiel auf die Knie. »Ich bitte dich, Fischmarder, lass das Ei in Ruhe.« Er hob die geballten Pfoten und schüttelte sie. »Bitte, Fischmarder, bitte.«

Es folgte schockiertes Schweigen.

Dann kam ein »Ho-ho-ho-ho! Ho-ho-ho!« Fischmarder wischte sich die Augen mit einem Seidentaschentuch ab und steckte es wieder ein. »Auf Knien? Bitte, bitte, lieber Fischmarder? Ho! Wenn das … Ho-ho! … Tante Lula sehen könnte! Ho!«

Dachs stand wieder auf.

»Genug geplaudert.« Fischmarder begegnete Dachs' Augen mit einem Blick, der so stechend war wie Reißnägel. »Dachs, es wird Zeit, dass du und deine kleinen Freunde verschwindet.

Die Profis haben zu tun. Der Weg da«, Fischmarder deutete auf den Tunnel, durch den sie gekommen waren, »…führt rein und raus. Wenn ihr drei jetzt macht, dass ihr wegkommt, lass ich euch ziehen. Andernfalls bin ich nicht dafür verantwortlich, wenn ihr ganz *zufällig* im Weg steht.« Fischmarder legte beide Pfoten auf seinen Spazierstock und hob eine Augenbraue.

Stinktier trat vor. »Wir gehen nirgendwohin. Und du lässt das Ei in Ruhe.«

Augusta flatterte mit der grell strahlenden Stirnlampe auf seine Schulter. »BOCK.« (Rechtes Auge.) »BOCK!« (Linkes Auge.) »BOCK!« (Hoch und runter.) Ein Lichtfleck fuhr Fischmarder erst in der einen Richtung übers Gesicht, dann in der anderen, danach vom pelzigen Kinn bis zum Strohhut.

Fischmarder blinzelte irritiert. »Schön. Dann bleibt von mir aus, wenn's sein muss.«

Er drehte sich zum Tunnel um. »HIERHER«, bellte er.

Aus dem Tunnel kam ein scharrendes Krabbelgeräusch.

»AUF GEHT'S! AUF GEHT'S! AUF GEHT'S!«, rief Fischmarder eilig.

Das Scharren wurde immer lauter.

Augustas Stirnlampenstrahl schwenkte in den dunklen Tunnel hinein. Augen über Augen über Augen leuchteten zurück – Hunderte glühend roter Augen.

»Reflektierende Augen. Rot. Ratte«, flüsterte Stinktier.

Ein Haufen Ratten brandete in die Höhle. Die Ratten trugen Schutzhelme.

Mit einem Flapflapflap landete Augusta auf Stinktiers Hut und knipste ihre Stirnlampe aus.

»AN DIE FELSKANTEN!«, bellte Fischmarder. »LASST DEN BERNSTEIN IN RUHE! UND BERÜHRT NICHT DAS EI!«

Dachs und Stinktier (mit Augusta in einen Winkel vom Dreispitz gekrallt) sprangen eilig zurück. Dachs entdeckte eine hohe, flache Stelle an einer Seite der Höhle. Er deutete hin: »Rauf da! Schnell auf den Sims!«

Dachs und Stinktier rannten zu dem Geröllhaufen unter dem Sims. Heißer Rattenatem schoss ihnen in den Rücken. Kaum hatten ihre Hinterpfoten den Höhlenboden verlassen, war er auch schon von einem Rattenschwarm bedeckt.

Der Sims lag höher, als es von unten ausgesehen hatte, und das Felsgestein war loser. Bei jedem Schritt regnete ein Steinschauer *(schieferartiger Kalkstein)* hinab. Sie erreichten den Sims und zogen sich hoch, ganz außer Atem.

Dachs hechelte nach Luft und musterte die Umgebung. Der Sims verlief auf Höhe des Eis. Zwischen Sims und Ei lag aber – Dachs trat an die Kante, um nachzuschauen – *eine beträchtliche Spalte!* Und der einzige Weg aus der Höhle hinaus, schien der zu sein, den sie gekommen waren.

Jetzt strömten Ratten mit Schutzhelmen in leuchtenden Farben durch den Tunnel. Sie schoben sich um Fischmarder herum auf die Wand mit dem Bernstein-Ei zu. Erst kamen Ratten mit reflektierenden Klettergurten, an denen lauter Karabiner klimperten. Sie hatten Seil, Hämmer, Kletterhaken und Klemmkeile dabei. Die Hämmer trieben die Kletterhaken in den Fels und die Keile in die Spalten. *Klirr-klirr-klirr.* Das Seil hatte Schlingen zum Festmachen und Ziehen *(sch-sch-sch)*. Karabiner wurden eingeklinkt. Als Nächstes waren die Freeclimber-Ratten dran, die auf die Klettergurt-Ratten stiegen und sie als Steighalter für die Vorder- und Hinterpfoten benutzten. In der Höhle war es jetzt sehr laut: *Klirr-klirr-klirr! K-lick. K-lick. Sch-sch-sch.* Hinter Fischmarder arbeitete ein kleines Rattenteam an der Bereitstellung von Ausrüstung (Seil, Netz, Ersatz-Schutzhelme) und Versorgung (Getränke, Imbiss und rattengroße Tuben mit Pfoten- und Krallencreme).

»Wir sitzen auf dem Sims fest«, sagte Dachs zu Stinktier und Augusta.

Stinktier beugte sich vor. »Ja, sieht echt nicht sehr vielversprechend aus.«

Augusta lief auf und ab. Zwischendurch blieb sie immer wieder stehen, um zu spähen und zu schauen (rechts, links, rechts). »Brrroooock bock«, sagte sie mit leiser Stimme.

Fischmarder stand in der Mitte der Höhle, wiegte sich auf

seinen zitronengelben Slippern hin und her und klopfte mit dem Spazierstock tock-tock-tock wieder und wieder auf den Boden. Ein Lächeln spielte um seine Lippen. Die Ratten waren jetzt überall. Dachs betrachtete eine aus zusammengekniffenen Augen. »Das sind Norwegerratten.« Norwegerratten waren die großen. Einige von ihnen waren so groß wie Stinktier.

Augusta nickte (hoch, runter, hoch). »Bock-bockel!«

Stinktier sah beide stirnrunzelnd an. »Eiersauger? Norwegerratten? Nein! Diese Ratten nennen sich am liebsten Wanderratten.« Er beugte sich vor und flüsterte jetzt: »Es heißt, sie stammen von Ratten ab, die 1776 in Kornkisten auf deutschen Söldnerschiffen eingeschleppt wurden. Könnt ihr euch das vorstellen? Du frisst die ganze lange Reise über nur Haferschrot, Roggen und Mehl und dann: *Zack!*, läuft das Schiff auf Grund. ›Land in Sicht!‹ *Endlich!*, denkst du, jagst aus deiner Roggenkiste und weichst den schlagenden Stöcken und stampfenden Stiefeln aus (Wenn du eine Ratte bist, musst du mit Schlagstöcken und Stiefeln zur Begrüßung rechnen.). Aber du bist angekommen. *Ich bin da! Land des Überflusses. Boden unter meinen Pfoten!* Unglücklicherweise ist es aber das Jahr 1776 und du bist mitten im amerikanischen Bürgerkrieg gelandet.«

Dachs sah, dass das Ei jetzt von Ratten mit Schutzhelmen umgeben war. Rattenbraun und Sicherheitsorange verdeckten die goldene Bernsteinwand. Er hörte ein Pfeifen, ein Johlen und dann einen Schrei. Mehrere Rattenköpfe schossen hoch und sahen sich um. Ein Schwanz zuckte nach oben und deutete auf etwas. Auf der anderen Seite holte ein weiterer Schwanz aus und peitschte. Etliche Schwänze richteten sich auf und Dachs hörte ein schrilles Lachen. Dann: »Seil!« Und: »Keil!« Auch: »Karabiner!« Etwas Metallenes wurde in Stein geschlagen: *Klirr-klirr-klirr!*

Stinktier erzählte weiter. »Nach einer langen Reise mitten in einem Krieg zu landen erklärt viel über das Wesen von Wanderratten: Selbstbestimmtheit, krasser Egoismus und dieses ganze Gehabe von wegen ›Ratten sind die Besten‹ – ha, ha, ha!« Stinktier schaute auf das Bernstein-Ei und zuckte zusammen. »Wenn du etwas erledigt haben willst, dann besorg dir am besten einen Haufen Wanderratten. Sind gute Kletterer. Und auch perfekte Steinbeißer. Wanderratten kriegen das Ei in null Komma nichts aus der Wand raus.«

Plötzlich hörten sie ein neues Geräusch: *Skra-skra. Skra. Sk-sk-sk.* Eine Ratte hob den Kopf und fuhr sich übers Maul. *Stein-beiß, stein-beiß.* Die Ratten bissen den Bernstein und das Ei direkt aus dem Fels heraus.

Dachs blinzelte Stinktier an. »Woher weißt du so viel über Ratten?«

Stinktier antwortete nicht. Stattdessen zeigte er nur mit der Pfote. »Schaut, ein Scheinwerfer!«

Tatsächlich! Ratten traten in einer Reihe aus dem Tunnel heraus. Sie hatten einen Scheinwerfer mit Ständer geschultert. Es folgte ein zweiter Scheinwerfer. Die Ratten klappten die Ständerfüße aus. Sie stellten die Höhe ein. Sie drehten die Scheinwerfer in Richtung Bernstein-Ei.

Augustas Kopf zuckte zwischen den zwei Scheinwerfern und dem Ei hin und her.

Stinktier sagte: »Wir müssen was tun. Wir brauchen eine Idee. Denk, denk, denk.«

Skra-ska. SK.

Der erste Scheinwerfer ging an. *Wuuusch!*

Der zweite Scheinwerfer ging an. *Wuuusch!*

Licht flutete die Höhle. Die Schatten flohen. Das Bernstein-Ei leuchtete auf wie ein Meteor. Das Steinbeißen hörte auf.

Da war er: der Dinosaurier! Der Dinosaurier, der eingerollt im Innern des Eis lag.

Die gesamte Wand entlang fuhren Rattenköpfe hoch und drehten sich um.

»Seht euch die vielen Farben an!«, platzte Stinktier heraus. »Ich dachte immer, Dinosaurier wären alle so matschig grün.«

Augusta reckte ihren Hals. »B-booock?«

Pigmente? An einem Dinosaurier? Aber ja, die Scheinwerfer hatten die Farben zum Leuchten gebracht! Der Dinosaurier war olivgrün gesprenkelt mit Schattierungen ins Aubergine.

Die Augenlider waren lavendelblau. Und er hatte ein gelbes Horn.

Ein wildes Geratsche brach los. Schwänze bogen sich, wedelten, zeigten. Einige Schwänze wanden sich zu einer Spirale, andere peitschten. Dann fingen die Ratten an zu pfeifen, zu johlen und »Oooooooh!« zu rufen.

Dachs starrte auf den kleinen Dinosaurier und spürte einen Kloß im Hals, der höher und höher stieg. *Er hatte nichts von dem bernsteinfarbenen Baumharz geahnt, das seine Zukunft bestimmen sollte.*

Kloß im Hals? War er nun ein Forscher Wichtiger Steinforschung oder nicht? *Tritt einen Schritt zurück! Nutz deinen objektiven Blick!* Dachs atmete tief ein und redete streng auf sich ein: *Es ist ein Dinosaurier-Embryo. Kurz vor dem Schlüpfen.* Und noch dazu war dieses Dinosaurier-Baby ein Fossil – eine Spur, ein Hinweis, eine Konservierung seines einstigen embryonalen Ichs.

Aber Dachs schaute noch einmal und alles war hin. Sein Herz pochte vor Zuneigung zu dem kleinen Dinosaurier, der in dem Bernstein-Ei schlief. Erschrocken stellte Dachs fest: Das letzte Mal, dass er sich so verbunden mit etwas gefühlt hatte, war vor vielen Jahren gewesen, als er in den Spinnenaugen-Achat geblickt hatte.

Fischmarder legte seine Pfoten um den Mund. »ZURÜCK

AN DIE ARBEIT. BEISST EUCH DURCH DEN FELS! JA, JA, DAS IST EIN WUNDERBARER SCHATZ, DEN WIR DA UNTER DEN PFOTEN HABEN. LASST UNS ALSO VORSICHTIG SEIN. KEINE KAPUTTEN KARABINER UND KEIN ZERSCHLISSENES SEIL.«

Eine Ratte pfiff. Eine zweite antwortete. Ein Schwanz schwenkte. Ein Kopf schoss hoch. Jubel! Geschrei. *Klirr-klirr-klirr! Skra-ska. Sk-sk-sk.*

Dachs blinzelte in die gegenüberliegenden Ecken der Höhle, in der Hoffnung, etwas zu sehen, irgendwas, das ihn vielleicht auf eine Idee brachte.

Skra-ska. Skra-ska.

Ein lautes *KNACK!*

Alle drei sprangen zur Kante vor.

»VORSICHT JETZT«, rief Fischmarder.

Dachs riss sich zusammen und beugte sich über den Sims. Eine Wandlänge war durchgenagt.

Ein Knall! *Sk-sk-sk.* Ein leises Knirschen. Steine rieselten zu Boden. Die Ratten brachen in ein Geratsche aus. Ein Schwanz wirbelte, dann peitschte er – klatsch-klatsch-klatsch. Rattenpfeifen hier, Rattenpfeifen da. »Stabilisieren! Stabilisieren … stabilisieren«, sagte eine Ratte mit Schutzhelm und Gurtzeug.

»KLETTERHAKEN ÜBERPRÜFEN. KEIL LINKS!«

Skra-ska. Sk-sk-sk.

Der Bernstein fing an, sich zu lösen.

»Wir brauchen eine Idee und zwar jetzt, auf der Stelle«, sagte Stinktier.

Dachs warf einen Blick zu Augusta und plötzlich war die Idee da. »Was ist mit dem Quantensprung? Können die Hühner nicht was mit dem Quantensprung machen?«

Stinktier blinzelte. »Natürlich! Die Hühnerflöte!«

»Hühnerflöte?« Dachs schnaubte. »Ich hab gesagt, Quantensprung!«

Aber Stinktier hörte ihm nicht mehr zu. »Was meinst *du*, Augusta?«

Ein geheimnisvoller Ausdruck huschte über Augustas Gesicht. Sie stemmte ihre Füße gegen den Fels und rollte die Zehen ein. Sie musterte das Ei (linkes Auge, rechtes Auge, linkes Auge). Dann drehte sie sich mit halb geschlossenen Augenlidern zu den beiden um. »BOCK«, sagte sie und nickte ernst.

Stinktier zog die Flöte aus seiner Tasche.

Dachs verzog das Gesicht und erinnerte sich an das letzte Mal, als die Hühnerflöte zum Einsatz gekommen war, dann riss er sich zusammen. *Ich bin ein Dachs, kein Huhn. Als Dachs kann ich eine Flöte, die für Hühner gedacht ist, überhaupt nicht hören. Deshalb werde ich die Hühnerflöte gar nicht wahrnehmen.*

Stinktier blies in die Hühnerflöte und ein unvorstellbar grausiger Ton drang in sein Ohr. Es war, als wenn eine ganze Herde mückenkleiner Elefanten in seinem Kopf laut trompeten würde.

ICH BIN KEIN HUHN, dachte Dachs, als er auf dem Sims zusammensackte.

Patsch, patsch, patsch. Hinterpfoten näherten sich. »Was machst du da?« Stinktier schob sein Gesicht dicht an Dachs ran. »Hast du in der Vergangenheit auch schon mal so heftig auf Stress reagiert? Atme durch die Schnauze ein und durch den Mund wieder aus.«

»Lass mich in Ruhe.«

Stinktier wedelte mit der Hühnerflöte vor Dachs' Gesicht. »Keine Sorge. Verstärkung ist unterwegs. Die Hühner kommen.« Er nickte und sah sich erwartungsvoll in der Höhle um. »Ist schon praktisch, eine Flöte zu haben, die *nur* Hühner hören können.«

Dachs stand auf und sah, dass Fischmarder und die Ratten arbeiteten, als wenn nichts geschehen wäre. Er stöhnte. »Dachse sind keine Hühner«, murmelte er mit zusammengebissenen Zähnen.

Skra-sk-sk-sk. Klirr-klirr-klirr! Die Ratten mit ihren Schutzhelmen stabilisierten das Ei im Bernstein, um das ganze Wandstück auf den Höhlenboden abzusenken.

Augusta stand jetzt auf halber Höhe auf einem großen Felsblock. Sie betrachtete das Ei mit einem entrückten Blick aus dem linken Auge, rechten Auge, linken Auge. »Brrrrock«, murmelte sie blinzelnd, den Kopf zur Seite geneigt. »Brrrock bock.«

Dachs folgte ihrem Blick zu dem in seinem Ei zusammengerollten Dinosaurier. Und genau in dem Moment sah er es – das Flap-flap-flap des Dinosaurier-Schwanzes.

10. KAPITEL

Flap, flap, flap.

Dachs starrte auf den Schwanz. Er rieb sich die Augen und schaute noch mal.

Ja! Der Dinosaurierschwanz schien zu flappen. *Ich verlier den Verstand.* Dachs drückte die Augen fest zu. *Konzentrier dich, konzentrier dich, konzentrier dich*, dachte er. *Sei ein Wichtiger Steinforscher.* Er schlug erst ein – dann zwei – objektive Augen auf.

Und sah den Dinosaurier von einer ganz anderen Seite! Dachs stützte sich mit der Pfote am Felsen ab und gestikulierte wie wild mit der andern. »Stinktier, STINKTIER! War der …? Vorher …? Erinnerst du dich …?«

Stinktier, der hoffnungsvoll nach der Hühner-Verstärkung Ausschau gehalten hatte, drehte sich um und staunte mit offenem

Mund. »Hat der Dinosaurier vorhin nicht an seinem Schwanz genuckelt? Wo *ist* der Schwanz jetzt?« Er blinzelte hektisch.

Der Dinosaurier schlug einen Purzelbaum.

»AHHHHHH!«, schrien Dachs und Stinktier gleichzeitig.

Der Dinosaurier sprang in die Höhe und rammte *Womm, Womm, Womm* die Eierschale. Stinktier hüpfte auf und ab und zeigte auf ihn. »Eizahn! Eizahn, Eizahn!«

EIZAHN… Eizahn… Eizahn, kam als Echo zurück.

In der Höhle war es auf einmal still geworden. Wo war das Steinbeißen geblieben? Das helle *Klirr-klirr-klirr*?

Die Ratten mit ihren Schutzhelmen hatten aufgehört zu hämmern. Sie beobachteten das Ei. Schnauzen zuckten. Tasthaare vibrierten. Köpfe neigten sich zur Seite. Ein Schwanz fuhr hoch, hoch, hoch. Dachs blickte auf den Höhlenboden und sah, wie sich Fischmarder auf seinen Spazierstock stützte, als wenn er ihn wirklich brauchte. Dann suchte Dachs die Höhle ab – die entferntesten Bereiche, die dunkelsten Ecken. *Wo bleiben die Hühner?*

Er schaute wieder nach dem Bernstein-Ei und sah die Wirbelsäule, die Rückansicht von zwei Hinterpfoten. Der Brustkorb bewegte sich (ein-aus, ein-aus).

Dachs schaute zu Stinktier und dann zu Augusta, die ein Stück entfernt allein dastand, auf halber Höhe den Felsblock hinauf, mit diesem besonderen Blick in den Augen (links, rechts, links, plinker-plinker). Dachs deutete auf das Ei. »Das ist *un*möglich. Das ist ein *nicht* ausgebrütetes Ei, von Bernstein umschlossen, ein Ei, das vor Hunderten Millionen Jahren versteinert ist. Ein Baumharzklumpen landet auf dem Ei. Das eingeharzte Ei wird von Flussschlamm bedeckt. Es ist so: Eine Eierschale ist eine Membran, die Luft *rein*lässt und Luft *raus*lässt. Eierschalen atmen! Aber diese Eierschale war von Harz bedeckt. Von Harz und noch mal Harz – Schicht um Schicht. Keine Luft – kein Atmen. Die Entwicklung konnte nicht weitergehen! Deshalb: Der Dinosaurier lebt nicht.«

Stinktier warf ihm einen verwunderten Blick zu. »Der Baby-Dinosaurier hat sich aber doch *mehrfach* bewegt. Erinnerst du dich, wie der Dinosaurier anfangs am Schwanz genuckelt hat? Jetzt nuckelt er nicht mehr.«

Dachs ignorierte ihn und fuhr fort: »Wieso also sollte er heute schlüpfen? Wieso Hunderte Millionen Jahre auf heute warten? Was ist so besonders an heute?«

Stinktier zuckte die Schultern. »Sucht sich irgendwer selbst seinen Geburtstag aus?«

Dachs stöhnte und wünschte sich einen wissenschaftlicher veranlagten Mitbewohner. Er dachte daran, dass die Hühner etwas von Physik verstanden, und warf einen hoffnungsvollen Blick auf Augusta. Doch Augusta achtete nicht auf ihn. Sie kletterte weiter den Felsblock hoch – immer einmal flattern und dann ein Hüpfer. Sie blieb stehen und warf Dachs einen merkwürdig tagträumerischen Blick zu (rechts-links-rechts), dann drehte sie sich wieder um und kletterte den nächsten Schritt.

Völlig unerwartet sprangen Dachs zwei Worte in den Kopf: »heutige Vögel«. Das Paläontologie-Seminar Dino 101!

Da war etwas, woran er sich erinnern musste. Dachs sah Augusta zu, wie sie weiter nach oben kletterte, und erinnerte sich, wie sein Professor etwas an die Tafel geschrieben hatte. *Ja!* Sein Professor hatte einen Stammbaum gezeichnet. Im Hinterkopf hörte Dachs die Stimme des Professors sagen (eine durchdringende Stimme wie sie nur ein Kakadu haben konnte): »Die heutigen Vögel stammen von Dinosauriern ab.«

Hühner! Hühner sind heutige Vögel.

Dachs drehte sich zu Stinktier um. »Die heutigen Vögel stammen von Dinosauriern ab. Du hast die Hühnerflöte geblasen!«

Stinktier sah Dachs mit gerunzelter Stirn an. »Dachs, nur *Hühner* können die Hühnerflöte hören.«

(An dieser Stelle kam Dachs der Gedanke, Stinktier zu sagen, dass dies nicht ganz stimmte, aber war dafür jetzt der richtige Zeitpunkt?)

Dachs sah Stinktier an und sagte langsam: »Hühner *sind* heutige Vögel.«

Stinktier fiel die Kinnlade runter. »Dinosaurier sind Hühner?« Sein Kopf schwenkte zu Augusta. Er starrte sie an.

»*Oder* Hühner sind Dinosaurier«, murmelte Dachs, während er auch zu Augusta hochstarrte.

Augusta war jetzt oben auf dem Felsblock angekommen. Der Felsblock ragte aus dem Geröllhaufen heraus. Auf der anderen Seite war die Wand, die das Ei barg.

»Was macht sie?«, fragte Dachs, während er zusah, wie sie an der Seite des Felsens hing und sich in Richtung des Eis reckte und streckte.

»Augusta!«, rief Stinktier.

»Augusta beachtete sie nicht. Sie beugte sich vor, vor und noch mal vor bis in Fischmarders Scheinwerferlicht hinein. Ihre orangen Federn loderten jetzt förmlich. Dachs musste an eine winzige Laterne denken, die an einer Felskante hing.

Dann machte sie ein Geräusch – einen langgezogenen, leise blubbernden Laut.

»Ist das ein Lied?«, fragte Dachs. Das Geräusch erinnerte ihn weniger an ein Singen als vielmehr an einen Bach, der über runde Steine fließt, und daran, wie das Wasser stetig, stetig jeden Raum ausfüllt, sich über das Alte, Vertrocknete und Zurückgelassene ergießt.

»Ich denke, es ist ein Wiegenlied«, antwortete Stinktier und verstummte, um nachzudenken. Schließlich sah er Dachs an. »Ich weiß, es war meine Idee, die Hühnerflöte zu benutzen. Aber Augusta hat die Idee unterstützt – vehement unterstützt, könnte man sagen. Ich dachte, ich würde Hühnerverstärkung rufen. Und ich dachte, das wär auch ihr Gedanke, aber jetzt bin ich mir da nicht mehr sicher. Wusste sie etwa, dass die Hühnerflöte den Dinosaurier wecken würde?«

»KRRRrraaaAAAACH!«

Ein leuchtend gelbes Horn stieß durch die Eierschale, dann durch den Bernstein. Flüssigkeit sprudelte hervor. Spritzte! Eierschale, Bernstein und Fels stürzten auf den Höhlenboden und splitterten.

Heraus brach der Dinosaurierkopf! Der Dinosaurier trug eine Kappe aus Eierschale. Das lavendelblaue Augenlid zuckte blinzelnd auf. Ein goldenes Auge. Der Dinosaurier stieß ein stechendes ArrrRRRRRRRRUUK! aus. Dann drehte er sich zu Augusta um. »Aar-RUUP? Ruup-ruup?«

»Bock«, sagte Augusta plötzlich und schaute jetzt mit klaren Augen in Richtung des Dinosauriers (plinker-plinker). Sie konzentrierte sich auf ihn und fuhr mit ihrem blubbernden Wiegenlied fort.

Stinktier und Dachs wechselten ungläubige Blicke.

Der Dinosaurier schüttelte die Eierschale vom Kopf – *Federn! Dürre Federn!* – und dann warf er sich gegen die Seite des Eis. *Womm! Womm! Womm!* Felsgestein knirschte und stürzte auf den Höhlenboden. Der Dinosaurier kickte das letzte Stück Schale weg und trat heraus.

Dachs starrte, als der Dinosaurier seine Hinterläufe schüttelte und sich aufrecht hinstellte. Ein langer gefiederter Schwanz rollte sich aus. Ein gefiederter Halskragen richtete sich auf, entfaltete sich und plusterte sich auf. Ohne Schale wirkte der Dinosaurier deutlich größer. Er schien jetzt nicht mehr dreimal so groß wie Dachs – sondern mehr als viermal. Außerdem stand an jedem Hinterfuß eine Zehe hoch. Die Nägel an den hochstehenden Zehen wirkten ungewöhnlich scharf.

»Aaar-ruup? Ruup?« Der Dinosaurier reckte den Hals in Augustas Richtung. Er neigte den Kopf zur einen Seite (rechtes Auge), dann zur anderen (linkes Auge), um sie anzuschauen. Sein Schwanz peitschte hin und her.

Fischmarders Stimme drang von unten herauf: »ICH WILL DEN DINOAURIER LEBEND!«

Die Ratten mit ihren Schutzhelmen bewegten sich als eine Einheit. Es gab ein Gejohle. Vom anderen Ende der Höhle ertönte ein Pfiff. *Klirr-klirr-klirr! K-klick! K-klick! Sch-sch-sch.*

Mit einem Seil in der Pfote kroch die erste Ratte auf den Dinosaurier zu.

Und dann, in einer Bewegung, die so schnell war, dass Dachs nicht wusste, ob er sie wirklich gesehen hatte, spießte der Dinosaurier das Seil mit dem Nagel seines nach oben gerichteten Zehs am Boden fest und schlürfte die Ratte in sich hinein.

11. KAPITEL

»DER HAT EINE RATTE AUFGESCHLÜRFT!«, schrie Stinktier entsetzt.

Der Dinosaurier warf den Kopf zurück und schluckte schwer. Er riss die Augen auf und blinzelte mehrmals. Es entstand eine Pause und dann –

»AaRRAUK! RRAUK!« Der Dinosaurier stampfte *Womm, Womm* mit dem Fuß.

Dachs, der sich nach einem Menü von Stinktier oft am liebsten gegen die Brust trommeln wollte, verstand das. Ratte schmeckte gut. Ratte schmeckte dem Dinosaurier gut.

»O nein-nein-nein! So was will ich nicht sehen.« Stinktier wedelte mit den Pfoten vor seinem Gesicht rum.

Ein Tumult brach aus. Jetzt galt: Jede Ratte für sich. Ratten seilten sich von der Wand ab, sprangen, wogten in Massen über

Ohne Schale

wirkte der Dinosaurier deutlich größer.

die Rücken ihrer Steinbeiß-Kollegen hinab Richtung Höhlenboden.

Stinktier stand an der Felskante und schwenkte seinen Dreispitz. »Runter von der Wand! Kein Vegetarier! Schneller als ihr glaubt.«

Über den Aufruhr hinweg dröhnte dagegen Fischmarders Stimme: »DAS IST DOCH BLOSS EIN GROSSES BABY! HABEN RATTEN ETWA ANGST VOR BABYS?«

Dachs suchte nach Augusta und entdeckte sie oben auf dem Felsblock. Schweigend beobachtete sie die Ratten mit ihren Schutzhelmen (da drüben, auf der anderen Seite). Sie warf den Kopf wieder in Richtung Dinosaurier (rechtes Auge, linkes Auge, rauf, rauf… rauf-runter).

Der Dinosaurier spießte mit dem nach oben gerichteten Zehnagel ein Kletterseil auf. »Rauk-rauk.«

Zehnagel? Dachs blinzelte. *Das ist eine Kralle!*

Augusta beugte sich vor und sang wieder ihr blubberndes Wiegenlied. Genau in dem Moment sagte eine Stimme hinter Dachs: »Na, schau einer an!«

Dachs schwang herum und sah eine Ratte mit Schutzhelm – so eine schmuddelige mit einem gewaltigen gelbzahnigen Grinsen im Gesicht. Die Ratte hatte ein Klemmbrett dabei.

»Was willst du?«, knurrte Dachs.

»KRATZ!«

Stinktier? Dachs drehte sich um und sah, wie Stinktier in die Luft sprang. Er schoss auf die Ratte zu, um sie zu umarmen. Dann schlugen sich die Ratte und Stinktier gegenseitig auf den Rücken.

Die Ratte zeigte mit einer schmutzverkrusteten Kralle auf seinen Hut. »Ich hab den Dreispitz gesehen und dachte: Es gibt nur *ein* Stinktier, das einen Dreispitz tragen würde!«

Strahlend nahm Stinktier Kratz am Ellenbogen und führte die Ratte herüber. »Dachs, das ist Kratz. Kratz, das ist Dachs. Kratz war meine Nachbarin, als ich unter der Brücke, unter, äh … unter dem zweiten blauen Müllcontainer gehaust hab. Sie ist die *beste* Nachbarin, die man sich vorstellen kann, und dazu die beste Essens-Lieferantin. Ein echter Gourmet! Ahornsirup, eingelegte Zitronen und Papayas – je nach Jahreszeit natürlich. Hast du schon mal Papayas gegessen? Schmecken wie Bananencremetorte, *nur ungebacken*, was hilfreich ist für einen schnellen und einfachen Nachtisch-Gang, wenn man nur einen Dosenkocher hat.«

Dachs blinzelte. »Du hast *unter* einem Müllcontainer gehaust?«

Stinktier ignorierte ihn und sah Kratz mit einem breiten Lächeln an.

Kratz schlug Stinktier gegen den Arm. »Ich vermisse deinen Penner-Eintopf, Junge. Und hast du noch immer diesen roten Koffer?«

»Ha, deine Schnur hält perfekt!«

Stinktier deutete auf Kratz' Pfote. »Tolles Klemmbrett, das du da hast. Du hattest schon immer ein außergewöhnliches Organisationstalent. Ist das eigentlich *dein* Rattentrupp?« Grinsend drehte sich Stinktier zur Wand um, sein Kinn klappte nach unten. »Oh.«

Die Wand leerte sich in null Komma nichts. Die Ratten mit den Schutzhelmen hinterließen verhedderte Seile, Karabiner und eine Felswand gespickt mit Kletterhaken und Keilen.

Kratz zuckte mit dem Kopf Richtung Wand. »Rattenzunft 73 – das, was von uns noch übrig ist.«

Stinktier sah sie mit ernstem Blick an. »Du musst verschwinden. Für Ratten ist es hier nicht sicher.«

»Was für eine Katastrophe! Eine echte Tragödie!« Kratz nahm den Schutzhelm ab, rieb sich mit der Innenseite ihres Arms über den Kopf und setzte den Helm wieder auf. »Rattenzünfte sind es gewohnt, ihr Leben zu riskieren, aber nicht wegen einem Schatz, der plötzlich lebendig wird! Bernstein mit versteinertem Ei entfernen? Klar, da heuern wir gerne an. Aber zeig mir eine Stelle in den Regeln der Rattenzünfte, wo steht, dass wir verpflichtet sind, uns als Spaghetti servieren zu lassen.«

Augustas Wiegenlied füllte das Schweigen, das folgte.

Kratz warf ihr einen besorgten Blick zu. »Du musst unbedingt dieses Küken da abstellen. Hat echt die perfekte Snack-Größe.«

Dachs schaute zu Augusta und dann zu dem Dinosaurier. Selig beschäftigte sich der Dinosaurier mit den Kletterseilen, die von seinen Zehen baumelten. Er schüttelte erst den einen Fuß, dann den andern. »Rrauk! Rrauk!« Die Seile droschen und peitschten durch die Luft.

Auf dem Höhlenboden sammelten Ratten eilig ihre persönlichen Dinge und Ersatzausrüstung ein (Seile, Netze, Abdeckplanen, Bungee-Schnüre, Sicherheitswesten, Schutzhelme, Gurte, diverse Klettergerätschaften sowie alle Werkzeugkästen).

Stinktier und Kratz beobachteten neben Dachs stehend, wie Fischmarder versuchte, mit einer vorbeilaufenden Ratte zu reden, dann mit der nächsten. Dachs hörte die Worte: »doppelte Bezahlung«, »Überstunden« und »Ansehen, Ehre, Ruhm«. Es half nichts. Ratte um Ratte drängte vorbei. Nur an der Kühlbox stoppten sie kurz für einen Saft und eine Pfotevoll Mozzarella-Stangen.

Kratz stöhnte. »Dieser Marder hat echt Nerven. Die RABSIG wird sehr bald von dem Ganzen hier unten erfahren.«

Stinktier flüsterte Dachs zu: »RABSIG – Ratten-Aufsichts-Behörde für Sicherheit und Gesundheit.«

»AAAaaaaRAUK!«

Alle drei erstarrten bei dem Geräusch. Dachs sah, dass sich die Seile des Dinosauriers verheddert *(ss-KLANK, ss-KLANK)*… und wieder entwirrt hatten *(ss-schnapp-schnapp)*.

Darauf folgte Augustas blubbernder Gesang.

»Es reicht«, murmelte Kratz. Sie steckte sich das Klemmbrett unter den Arm, schob zwei Krallen in den Mund und pfiff. Ihr Schwanz schoss in die Höhe und beschrieb einen Kreis. »Wir sind raus hier. Schön, dich getroffen zu haben, Junge.«

Wieder klopften sich die zwei auf den Rücken.

Kratz nickte Dachs kurz zu, dann fixierte sie Stinktier mit einem ernsten Blick. »Ihr drei müsst hier auch verschwinden. Schnapp dir das Küken und dann nichts wie weg.«

»Ja, ich werd sie überreden.« Stinktier trottete zum Fuß des Felsblocks und rief: »Augusta? Es ist Zeit zu gehen!«

Genau in dem Moment ging – *Buff!* – der erste Scheinwerfer aus.

»AaaRAUK!« Der Dinosaurier stampfte mit dem Fuß. Ein Seil fiel von einem Zeh. Steine regneten herab.

Stinktier rief: »Hast du gehört, was ich gesagt hab? Wird Zeit, dass wir verschwinden.«

»DACHS? VETTER?« Fischmarders Stimme erfüllte die Höhle.

Dachs trat an den Felsrand. Er sah, wie Kratz und eine zweite Ratte mitsamt der Kühlbox in den Tunnel verschwanden.

»PASST AUF MEINEN DINOSAURIER AUF«, fuhr Fischmarder fort. »ICH HOL IHN SPÄTER.«

»TUT MIR LEID, FISCHMARDER, ABER WIR HALTEN UNS HIER NICHT LÄNGER AUF.«

»DAS GLAUBT *IHR*. Ho-ho!« Er stieß mit dem Spazierstock zu.

Buff! Der zweite Scheinwerfer erlosch und alles wurde schwarz.

»RaUUK!«

»Heiliger Schlickschlamm.«

Ein Lichtstrahl ging an. Dachs drehte sich um und sah, dass Augusta ihre Stirnlampe eingeschaltet hatte. Der Strahl schien ruhig über die Spalte hinweg oben auf die Wand, wo jetzt der Dinosaurier stand.

Stinktier sagte: »Was wird mir ganz sicher nicht gefallen, Augusta? Was meinst du damit, ich werde es überhaupt nicht mögen, aber du wirst es trotzdem tun? Was soll das heißen – es ist das Beste? Augusta, bitte komm jetzt runter.«

Aber Augusta hörte nicht zu. Augusta beugte sich zu dem Dinosaurier und sang.

»Ruup? Ruup?«, rief der Dinosaurier.

Dachs hörte Schritte unten in der Höhle: *T-tap, tap. T-tap, tap.* Fischmarder in seinen zitronengelben Slippern und mit seinem Spazierstock. Die Schritte entfernten sich. *T-tap, tap.*

Dachs' Augen gewöhnten sich an das Dunkel. Er sah jetzt, dass die Höhle unten leer war.

T-tap, tap. Das Geräusch kam aus dem Innern des Tunnels. *T-tap.* Die Schritte stoppten. Es wurde in Taschen gewühlt. Irgendwas klapperte in einer Schachtel. Ein leises *schnpp-schnpp-KRITSCH.* »Das war's dann. Ho-ho.«

Dachs hörte ein *ssss…* »VIEL GLÜCK, VETTER!« und danach rennende Schritte. *tap-tap-tap-tap-tap… sssssssssssssssssssss sssssssssssssssssssssssss…*

Unten ein Funke. Er sprühte und spuckte an einer Schnur entlang.

…sssssssssssssssssssssss…

»DYNAMIT!«, schrie Dachs. Er drehte sich um und rannte zu dem Felsblock. Mit einem Sprung schnappte er sich Augusta und riss gleichzeitig Stinktier mit. Sie landeten in einem Haufen mit Dachs' Körper oben auf.

…sssssssssssssssssssssss…

BA-BUUUUUUUUUUM!

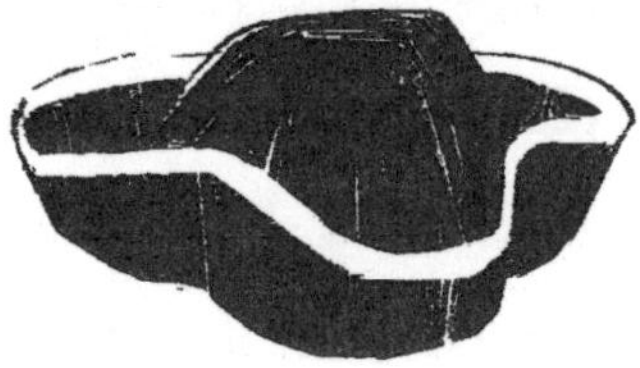

12. KAPITEL

Nebel. Gestank. *Staub in der Schnauze. Wo bin ich?* Dachs' Herzschlag pochte in seinen Ohren. *Höhle. Fischmarder. Dynamit.*

Ein Stoß gegen den Brustkorb. »Runter. Von. Mir. Wieso sind Dachse so schwer?«

»Bock! Bock-bock-bock.« Die Stimme (zusammen mit einem Lichtstrahl) kam von unter seiner Achsel.

»RRAAAAAUK!«

Dinosaurier. Um sich zu beruhigen, dachte Dachs: *Der Dinosaurier ist da drüben, auf dem Felsen, einen reichlich breiten Spalt weit entfernt.* Wie war er in das Ganze reingeraten? Es war eine beispiellos missliche Lage. Hatte er nicht nach einem Achat für den Buchstaben *A* in seiner Ruhmeswand der Steine suchen wollen? Dachs kicherte ängstlich (»he-he-he«) und stemmte sich auf die Hinterpfoten.

»Endlich rührst du dich!« Stinktier setzte sich auf. »Was ist denn bloß so lustig? Ist überhaupt nicht lustig, wenn Dynamit explodiert und du plötzlich von einem Dachs zerquetscht wirst.« Er befreite seinen Dreispitz, brachte ihn wieder in Form und setzte ihn dann zurück auf den Kopf.

Augusta schüttelte sich und schaltete ihre Stirnlampe aus.

Dachs klopfte sich das Hinterteil. Staub flog auf; Steine, Schutt und Dreck regneten herab.

Hoch über ihnen hörte Dachs ein leises Knacken. Er erstarrte. Seine Ohren zuckten in Richtung des Geräuschs. Ein Plop-plop-PLOP. Ein Bersten. PLOP, PENG, KRACH! Überall plötzliches Prasseln.

»STEINE!«, schrie Dachs und wich zurück. Augusta flatterte auf den Dreispitz, als Stinktier hinter Dachs herrannte.

Sie hörten ein helles *KNARR-r-r-r*, dann einen Seufzer, als sich der Felsbrocken löste.

Dachs und Stinktier drückten sich flach an die Wand der Höhle.

Ein helles KLATSCHEN, als der Brocken auf den Boden prallte und wieder hochsprang.

»ArrrrrrRRRRAaaUCK!«, brüllte der Dinosaurier.

Dachs hielt sich die Ohren zu. *KLATSCH!* Der Brocken sprang ein schreckliches zweites Mal hoch. Das Geräusch hallte von den Wänden zurück, jagte durch die Luft und…

RUMMS.

Alles klapperte, einschließlich Dachs' Zähnen.

Steine schossen an ihnen vorbei. Staub und Dreck vernebelten die Luft.

Ein Geröllrutsch: *Ta-da-dun, dun … dun … dunk.*

Dann war alles still.

Es war Stinktiers Stimme, die das Schweigen brach. »Wie groß ist eigentlich die Chance, dass der Felsbrocken gerade hier landet? Das ist wie eine Art Dinosaurier-Brücke.«

Dachs schlug die Augen auf und sah, dass Stinktier einen sehr staubigen, schmutzigen Dreispitz trug. Augusta, die in der vorderen Spitze kauerte, sah mehr wie eine verdreckte Hutfeder als wie ein Bantamhuhn aus.

Stinktier zeigte auf etwas. Dachs schaute. Der Felsbrocken hatte sich fest in der Spalte zwischen dem Sims und der Wand verkeilt, die den Dinosaurier gehalten hatte. Stinktier drehte sich zu Dachs um: »Ich seh nur keinen Dinosaurier. Meinst du, es geht ihm gut?«

Dicht hinter Stinktier erhob sich zuerst ein Horn und dann ein Klotz von einem Kopf, als der Dinosaurier – stampf, stampf – auf die Felsbrücke trat. Er neigte den Kopf und schaute zu Dachs (erst mit dem rechten Auge, dann mit dem linken und schließlich mit beiden Augen zusammen).

»Gut. Ist gut«, brachte Dachs heraus. Und er schob sich eng

an der Höhlenwand entlang. Er gab Stinktier ein Zeichen, dass er das Gleiche tun sollte. Stinktier drehte sich um und riss die Augen weit auf.

Der Dinosaurier streckte den Hals vor, um Stinktier besser sehen zu können. »Ruuuuuuuuuuup?«

Der Dinosaurier plusterte seine Halskrause auf. Er hüpfte vor und zurück. »Roak-roak?« Er warf den gehörnten Schädel in Stinktiers Richtung. »ROAK!«

Und dann sah es Dachs plötzlich. Der Dreispitz. »HORN!«, schrie er.

Stinktiers Blick war voll Panik. »ICH WEISS, DASS DER DINOSAURIER EIN HORN HAT.«

»NEIN.« Dachs wedelte mit den Pfoten über seinem eigenen Kopf. »DEIN HUT. DREI HÖRNER. DU SIEHST AUS WIE EIN DINOSAURIER!«

Der Dinosaurier senkte den gehörnten Kopf.

Stinktier starrte und sagte dann: »DREI-*HÖRNIGER* HUT?«

Der Dinosaurier galoppierte auf Stinktier zu.

Stinktier riss die Augen weit auf und kniff sie dann fest zu. Sein Gesicht verknautschte sich.

Der Dinosaurier blieb schlitternd vor Stinktier stehen. »AAAAARRRRRAAAAUUK!«, schrie er.

Eine lange und spitze rosa Zunge leckte Stinktier vom Kinn bis zum Dreispitz ab.

Augusta zappelte sich aus der Hutecke frei. Sie neigte den Kopf (plinker, linkes Auge, rechtes Auge) und trat – trippel, trappel – an den gewölbten Hutrand. Dort balancierte sie, dann – flatter-flatter-hüpf – sprang sie auf den Kopf des Dinosauriers. Sie landete zwischen seinen Augen. »BOCK.«

»Was ist los?«, fragte Dachs laut.

Der Dinosaurier schüttelte den Kopf. Augusta hielt sich fest. »Bock! Bock-bock-bock.«

Dachs griff nach Stinktier und zog ihn weg. »Er hat mich nicht aufgeschlürft?«, murmelte Stinktier, als Dachs ihm sein Halstuch in die Pfote drückte, und zog den Dreispitz ab. Er wischte sich etwas trockener, gab das feuchte Tuch zurück und sagte alarmiert: »Wo ist Augusta? Hast du Augusta gesehen?«

Dachs deutete auf den Dinosaurier.

Stinktier sah hin. »O nein.«

Gemeinsam beobachteten sie, wie sich Augusta vorbeugte, um (rechts, links, rechts) in ein Dinosaurierauge zu spähen, dann trip-trip-trippel über seine Schnauze spazierte und (links, hoch, runter, links) in das andere schaute.

Stinktier sah Dachs mit eindringlichem Blick an. »Sie hat es getan. Sie wird da jetzt nicht mehr runterkommen.«

»Wie meinst du das? Was hat sie getan?«

Stinktier beugte sich vor. »Augusta hat all ihren Mut zusammengenommen. Sie sagt, egal, was passiert, sie geht mit dem

Dinosaurier. Ob Fischmarder ihn nun in einen Zoo bringt, in ein wissenschaftliches Labor oder eine Tierhandlung, sie wird mitgehen.« Stinktier schüttelte den Kopf. »Das ist ein Dinosaurier, Dachs – und nicht mal ein vegetarischer! Augusta wird sich trotzdem nicht umstimmen lassen. Ich hab alles versucht.«

Er sah zu Augusta. Er machte große Augen. »Echt die perfekte Snack-Größe für ihn!«

Dachs starrte Stinktier entsetzt an. »Wieso hast du mir das nicht gesagt?«

»Wann denn?« Stinktier breitete die Pfoten aus. »Zwischen der Sprengstoffexplosion und dem herabstürzenden Felsbrocken vielleicht?«

Augusta fing wieder an, ihr blubberndes Wiegenlied zu singen. Die Augen des Dinosauriers weiteten sich, dann schielte er. »Ruup? Ruup-ruup?« Und dann gurrte er: »Ruuuuuuuup.«

Augusta holte tief Luft und plusterte sich auf – der Atem entwickelte sich zu Tönen, die Töne bauten sich zu einer Melodie auf. Der Dinosaurier starrte mit einem zufriedenen Schielen zu dem winzigen orangen Huhn auf seiner Schnauze. »Ruup-ruup? Ruup-ruup?«

Natürlich begriff Dachs. Hunderte Millionen Jahre waren vergangen. Das Zeitalter der Dinosaurier? Aus und vorbei mit einem Meteoriten-Ka-wumm! Der Dinosaurier brauchte einen Führer, jemanden, der ihm zeigte, wie man im Zeitalter der

Säugetiere der Wanderkarte des Lebens folgte. Aber Augusta? Dachs rang die Pfoten. »Ich hab sie doch gerade erst kennengelernt. Augusta ist meine Freundin. Ich will nicht, dass sie das tut.«

Stinktier seufzte schwer. »Ich weiß.«

Augusta plusterte sich auf, sprang flatter-flatter auf das Horn des Dinosauriers und schaltete ihre Stirnlampe an. »BOCK BOCK«, rief sie.

»AUF WIEDERSEHEN?«, stieß Stinktier hervor.

Dachs starrte Stinktier an. »Auf Wiedersehen? Was soll das heißen, ›auf Wiedersehen‹?«

Hoch oben vom Kopf des Dinosauriers leuchtete ein hühnergroßes Licht. Dann drehte sich der Dinosaurier mit Augusta, die sich an sein Horn klammerte, um und schritt die Höhle hoch, hoch und höher.

»Wo gehen sie hin?«, fragte Dachs. Der Weg nach draußen ist da unten.« Dachs schaute in die Richtung, in die er zeigte, und sah nichts als Geröll, Steinbrocken und die Überreste von zwei Strahlern. Der Tunnel war komplett verschüttet.

Augustas blubberndes Wiegenlied erfüllte die Höhle, während sie und der Dinosaurier immer höher kletterten. »Ruupruup?«, sagte der Dinosaurier.

»Ruu-ruu?«, hallte es von den Höhlenwänden.

»Ich werd ihnen folgen«, sagte Stinktier. Er setzte den Dreispitz auf und richtete seinen Blick auf den Lichtstrahl. »Es ist nicht sicher. Da oben gibt es keinen Ausgang. Was passiert, wenn der Dinosaurier mit Augusta da oben festsitzt? Es wird nicht gut gehen. Ich werde all meinen Mut zusammennehmen und ihnen helfen.« Er sah Dachs mit einem grimmigen, entschlossenen Blick an.

»Wir gehen zusammen«, sagte Dachs und nickte.

Ihre Rucksäcke waren halb unter dem Geröll verschüttet. Sie gruben sie aus und setzten sie auf. Als Dachs in die Höhle hochsah, war das Licht von Augustas Stirnlampe nur noch so groß wie ein Stecknadelkopf. Trotz des losen Gerölls war der Dinosaurier flink auf den Beinen.

»Beeil dich«, drängte Dachs.

Stinktier sah auf. »Ja, wir müssen uns beeilen.«

»Sie folgten dem Dinosaurier und Augusta hoch, hoch und höher. Sie benutzten ihre Krallen. Sie krochen. Sie kletterten. Sie bewegten sich schnell. Trotzdem war der Dinosaurier schneller. Es dauerte nicht lange und sie hatten den stecknadelgroßen Lichtschein von Augustas Stirnlampe aus den Augen verloren. Dann hörten sie auch Augustas blubbernden Gesang nicht mehr. Und dann – weit, weit weg – hörten sie ein *Ramm-Ramm-Ramm*, ein Purzeln von Steinen. Und?

Schweigen.

Augusta! Dachs rannte los. Stinktier hinterher.

Dann – endlich – kamen sie um eine Felsnase und rochen frische Luft. *Frische Luft?* Sie kletterten über einen Gesteinsbrocken und sahen Licht, das einen Geröllhaufen beschien. Sie traten in das Licht hinein und schauten nach oben. Dachs sah ein Loch voller Himmel.

Er verschränkte die Pfoten zu einer Räuberleiter und stemmte Stinktier durchs Loch.

»SONNE!«, rief Stinktier.

Dachs suchte Halt für seine Hinterpfote, setzte eine Schaufelkralle in einen Spalt und stemmte sich auf…

Eine Wiese?

Er rieb sich die Augen und sah einen Schmetterling und drei Blumen. Bienen flogen summend ihre Schleifen.

Dachs stand auf und suchte die Gegend ab. »Wo ist sie? Wo ist Augusta?«

Doch es gab nirgends ein Anzeichen von einem Bantamhuhn. Oder von einem Dinosaurier.

Ihm fielen die drei Blumen auf. Er musste zweimal hinschauen. *Das sind gar keine Blumen.* Er nahm eine hoch und streckte sie Stinktier entgegen. »Schau.«

Stinktier untersuchte sie. »Feder – lavendelfarbenes Orpington.« Er nickte und deutete auf die Wiese. »Hier sind überall

Federn.« Stinktier betrachtete sie. Er ging in die Hocke und zog eine längliche kakaobraune aus dem Gras. »Transsilvanisches Nackthalshuhn?«

Jetzt sah Dachs sie auch. Federn hatten sich im Gras verheddert, Federn hatten sich in Ästen und Rinden verfangen, Federn schwebten in der Luft und taumelten zu Boden. Dachs fing eine zarte schwarze mit weißer Spitze auf.

Stinktier nickte in ihre Richtung. »Schottische Krüper.«

Dachs sah Stinktier mit einem Fragezeichen in den Augen an, dann sagte er: »Was hat das zu bedeuten?«

Stinktier stemmte die Pfoten in die Hüfte und nickte: »Gute Nachricht. Die Hühner sind wirklich gekommen.«

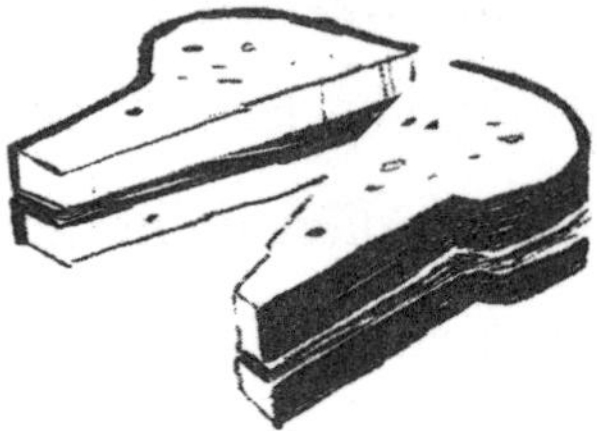

13. KAPITEL

»Mittagessen!« Stinktier sackte zu Boden, zog den Rucksack ab und fischte einen Proviantbeutel heraus. Dachs sah Stinktier an und sein Blick blieb wie erstarrt an ihm hängen. Stinktier war ganz mit staubgrauen Partikeln überzogen. Spinnenweben wogten an dem Dreispitz und das Fell in seinem Gesicht war mit verkrusteten schmuddeligen Pocken übersät. Dachs dachte daran, wie der Dinosaurier ihn abgeschleckt hatte und zuckte zusammen, als Stinktier ein sauberes Sandwich zum Mund führte und abbiss.

Nach einer Weile sagte er: »Das ist alles? Die Hühner sind gekommen, deshalb ist alles gut? Bist du sicher, dass Hühner mit einem Dinosaurier klarkommen? Einem Dinosaurier in einem Hühnerstall? Woher wissen wir, dass es Augusta gut geht?«

Stinktier kaute und dachte nach. »Ich weiß es nicht genau,

aber eine Wiese voll Hühnerfedern ist für mich ein gutes Zeichen, vor allem nach dem, was ich befürchtet hatte.« Er verstummte, dann lachte er. »Ha! Mit all den Hühnern um sich herum hat der Baby-Dinosaurier nichts zu lachen! Ha-ha!«

Dachs fand das nicht lustig.

Stinktier sah Dachs' Gesichtsausdruck. »Es ist ein Fehler, Hühner zu unterschätzen. Hühner sind immer für eine Überraschung gut. Das stimmt echt, Dachs!« Stinktier nickte und schaute weg. »Im einen Moment ist alles dunkel und du bist sicher, es droht das schrecklichste Ende, das du dir vorstellen kannst. Und dann – plötzlich! – ein Stück blauer Himmel. Wie geht das? Wie kann das sein? Wer weiß das schon? Doch es passiert. Es passiert öfter als man glaubt.«

Stinktier seufzte und die Pfote mit dem Sandwich sank in seinen Schoß. »Und es stimmt auch, dass schlimme Dinge – vernichtende, fleischfressende schlimme Dinge – andauernd passieren. Manchmal passieren sie dir, deinen Freunden oder deiner Familie und es wird von dir verlangt, dass du die Last auf deine Schultern nimmst. Manchmal bist du sicher, dass es das Ende ist.« Stinktier schüttelte traurig den Kopf. »Eine Ratte aufgeschlürft.«

Dann nickte er. »Ja, du hast recht, Dachs. Es könnte übel ausgehen. Aber trotzdem, die Hühner waren hier. Und dieses Fleckchen Himmel ist blau. Und was können wir jetzt schon tun? Was immer auf dieser Wiese passiert ist, es ist schon geschehen.«

Dachs schnaubte.

»Eine Nachricht wär ganz schön gewesen«, sagte Stinktier. Er aß einen weiteren Bissen und tätschelte das Moos neben sich. »Setz dich. Du *musst* doch Hunger haben.«

Die Sonne stand in ihrer Nachmittagsposition. In Dachs' Magen rumorte und rumpelte es. *Mittagessen!*

Mit viel Mühe schob er den Gedanken beiseite und suchte wieder die Gegend ab. Kein Huhn. Kein Dinosaurier. Keine Anzeichen eines Kampfes. Nur überall Federn.

Ein Dinosaurier, der aus einem versteinerten Ei schlüpft? Unmöglich! Als Forscher Wichtiger Steinforschung *sollte* er nichts davon glauben. Aber da war ein Loch – *gleich da drüben.* Dachs starrte zu dem Loch. Das Loch führte zu einer Höhle, in der er das in Bernstein versteinerte Ei gesehen hatte.

Wieder suchte Dachs die Wiese ab. *Wo ist Augusta?*

»Heiliger Schlickschlamm.« Dachs fuhr sich mit der Pfote durch den Fellstreifen und Geröll regnete herab.

Mit einem Seufzer sank Dachs neben Stinktier nieder und zog seinen Proviantbeutel heraus. Er wickelte sein Sandwich aus, schob sich den größten Teil davon in den Mund und schluckte. Stinktier neben ihm lachte. »Ha! Erinnerst du dich, wie du gerufen hast: ›Der Schatz! Ein Ei!‹? Ha! Total ei-notisiert!«

Dachs seufzte. »Ja, ei-notisiert.« Er erinnerte sich, doch Augusta besetzte all seine Gedanken. *Ich hoffe, es geht dir gut, Augusta.*

Nach dem Essen einigten sich Stinktier und Dachs, dass sie keine weitere Nacht am Lagerplatz Nummer 5 bleiben konnten. »Fischmarder ist skrupellos«, sagte Dachs. Stinktier nickte. »Er wird nicht glücklich sein, wenn er sieht, dass kein Dinosaurier mehr in der Höhle ist.« Es war Zeit zusammenzupacken.

Sie liefen eineinhalb Stunden, bis sie den Lagerplatz Nummer 5 erreichten. »Badezeit!«, rief Stinktier, bog ab und folgte dem Weg zum Endlos-See. Dachs sah sein Zelt. Baden klang gut, doch sie mussten so schnell wie möglich aufbrechen. Als Erstes würde er das Zelt abbauen.

Zwanzig Minuten später war der Lagerplatz aufgeräumt und Dachs' Zelt lag platt auf dem Boden, die Heringe rausgezogen und die Stangen gebündelt. Stinktier tauchte oben am Weg auf. Er hatte sich von Staubgrau in ein nasses Schwarzweiß verwandelt. Sogar der Dreispitz wirkte irgendwie sauberer.

Stinktier joggte hopp-hopp zu Dachs. »Das wär erledigt.«

»Gut. Dann hol ich mal deinen Rucksack runter.« Dachs ging zu dem Baum, in dem der gelbe Abendrot-Abenteurer und sein blauer Tragelust in der Luft baumelten.

Stinktier rannte an ihm vorbei und stellte sich ihm in den Weg. »Lass doch. Wir können damit bis zur letzten Minute warten. Schließlich wollen wir doch keine Bären anlocken. Weißt du noch?«

Dachs blieb vor ihm stehen. Selbst aus der Ferne zeichneten sich überall an Stinktiers gelbem Rucksack spitze Ecken und scharfe Kanten ab. Der Blasebalg war deutlich zu erkennen.

»Stinktier, der Rucksack muss neu gepackt werden. Es hat dich *viel Zeit* gekostet, alles reinzukriegen, erinnerst du dich?«

»Packen ist nicht nötig. Ist alles erledigt«, sagte Stinktier mit einem Grinsen. »Ich regle das mit Muschel-Power.«

»Muskel-Power? Wo?« Dachs musterte Stinktiers Arme. *Kümmerlich.* Er musterte Stinktiers Beine. *Mickrig.*

Stinktier wühlte in seinen Taschen und zog eine feucht gewordene Visitenkarte heraus. Dann hielt er sie Dachs vor die Nase.

Dachs las:

DIE WANDERMUSCHELN

ZUGEKLAPPT UND LOS!

STEINIGES UFER, ENDLOS-SEE

Stinktier steckte die Karte wieder ein. »Und so freundlich. ›Wir helfen gern!‹, haben sie gleich gesagt. Und dazu dieses Grinsen – von einem Ohr bis zum andern! Ich musste meinen Kopf unter Wasser stecken. Das Wasser war *sehr* kalt. Wieso ist der Endlos-See mitten im Sommer so kalt? Wie auch immer, jedenfalls werden die *Wandermuscheln* den gelben Rucksack zum Backsteinhaus bringen.«

»Süßwassermuscheln?« Das ergab keinen Sinn. »Zwei Schalen, die mit einem Gelenk verbunden sind?« Dachs machte den Mund auf und schloss ihn wieder.

»Genau. Es gab alle möglichen Muschelarten, aber die meisten waren nur komische Unterhosen-, Stupsnasen- und Taschenbuch-Muscheln.«

Dachs hob eine Pfote: »Nur dass ich das richtig verstehe: Muschel*schalen* sollen diesen gelben Rucksack da oben den ganzen Weg bis zu unserem Backsteinhaus tragen?«

Stinktier starrte Dachs an und schüttelte dann ungläubig den Kopf. Muscheln sind so viel mehr als bloß Schale! Die Muscheln haben mir erzählt, dass manche Tiere nicht sehen, was unter der Schale steckt. Warum ist das so? Die Muschel sitzt doch direkt vor ihrer Nase. Du bist den Muscheln nie begegnet? *Noch nie?* Aber das da ist doch dein Lieblingssee.«

Dachs spürte eine Welle der Müdigkeit. Es war ein ganz

schön anstrengender Tag gewesen. Er sah Stinktier an. »Hilf mir, das Zelt zusammenzurollen, okay?«

»Immer wieder gerne«, sagte Stinktier mit merkwürdig hoher Stimme.

»Super«, antwortete Dachs nur.

Und dann drehte er sich um und sah sie. Da oben am Waldrand standen die unverkennbaren Schuhspitzen von einem Paar zitronengelber Slipper.

Lass mich dir Fleckchen und Zuckererbse vorstellen.

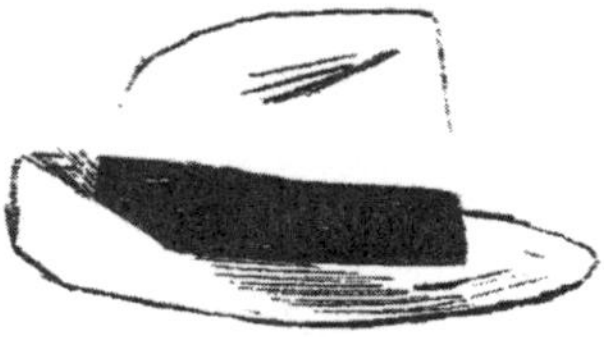

14. KAPITEL

»Vetter!«

Stinktier stöhnte.

Fischmarder trat aus dem Schatten ins Licht und hob seinen Spazierstock zu einem höhnischen Gruß. »Ich habe überall nach dir gesucht. Aber natürlich bist du hier – am Lagerplatz Nummer 5. Deinem alten Lieblingsplatz!«

»Was willst du, Fischmarder?«, fauchte Dachs.

Fischmarder stieß seinen Spazierstock mit Wucht auf den Boden. »Wo ist mein Dinosaurier, Dachs?«

Stinktiers Schwanz stellte sich ruckartig auf. »Das ist nicht *dein* Dinosaurier. Ein Dinosaurier *gehört* niemandem!«

Dachs legte ihm eine Pfote auf die Schulter und begegnete Fischmarders amüsiertem Blick mit ernster Miene. »Weshalb bist du da?«

»Nur so.« Fischmarder schnaubte. »Lass mich dir Fleckchen und Zuckererbse vorstellen.«

Aus dem Schatten traten zwei Katzen. Eine war eine schlanke, dreifarbige sogenannte Glückskatze mit einem weißen Fleck um das eine Auge. *Fleckchen.* Die andere war eine kräftige Tigerkatze, der ein paar Fellbüschel fehlten. Die Getigerte gähnte mit weit aufgerissenem Maul, reckte das Hinterteil und streckte die Vorderläufe beängstigend weit nach vorne. Mit einem Schauer, der ihr durch den Körper lief, fuhr sie die Krallen aus und wieder ein. Danach richtete sie sich auf, setzte sich lässig hin und leckte sich in aller Ruhe eine Pfote. *Von wegen süß. Und deutlich größer als eine Erbse.*

»Ich mag keine Hauskatzen außer Haus«, murmelte Stinktier. Er hatte die Augen weit aufgerissen. Sein Schwanz zitterte.

Dachs warf Fischmarder einen eisernen Blick zu. »Deine Freunde sind unter die Wilderer gegangen, Fischmarder.«

Zuckererbse ließ erst die Knöchel an der einen Pfote knacken, dann an der anderen. Fleckchen ließ die Schultern kreisen.

»Unter die Wilderer? Davon gehe ich aus. Ho-ho!«, kicherte Fischmarder. »Zuckererbse und Fleckchen wurden *vor Monaten* auf freien Fuß gesetzt. Verstümmeln und schlagen, reißen und beißen, metzeln, zerfleischen – das ist das Wesen einer Katze. Und wie gern sie spielen! Wenn etwas *wegläuft*, macht es ihnen so richtig Freude. Wie ich immer sage: Wer bin ich, ihnen den Spaß zu verderben?« Fischmarder unterbrach sich, neigte den Kopf und sagte: »Also noch mal: Wo ist mein Dinosaurier?«

Die Katzen sanken wieder auf alle viere, ihr Schwanz peitschte hin und her.

Dachs runzelte die Stirn. »Woher soll ich das wissen? Ich hab genauso viel Ahnung wie du.«

Fischmarder schnalzte mit der Zunge. »Damit kommst du nicht durch.«

Dachs' Herz pochte. »Was glaubst du denn, wo ich den Dinosaurier verstecke?« Er zeigte auf den Lagerplatz Nummer 5. »Mehr als du siehst, gibt es hier nicht.«

»Du verheimlichst mir was. Vielleicht kann ich dich ja überzeugen, ein bisschen redseliger zu werden.« Fischmarder ruckte mit dem Kinn. Fleckchen und Zuckererbse schlichen sich an. Fleckchen auf der einen Seite, Zuckererbse auf der andern.

Stinktier wich zurück. Dachs wich mit ihm zurück und hob die Pfoten. »Komm schon, Fischmarder. Du hast keinen Dinosaurier. Ich hab kein Bernstein-Ei für die Forschung. Wir haben beide Pech gehabt. Lass uns das Ganze vergessen, okay?«

Links von ihm trat Stinktier nervös von einem Fuß auf den andern und atmete schwer, aber Dachs konnte nicht riskieren, nach ihm zu schauen. Die Katzen rückten näher. Fleckchen belauerte Stinktier, Zuckererbse schlich dichter heran und dann noch dichter.

Fischmarder traktierte den Boden mit seinem Spazierstock, schließlich sah er grinsend auf. »Ich will mich ja nicht mit fremden Federn schmücken, aber wo ist dieser kleine orange Flauschebausch?«

Stinktier versteifte sich. »Über sie reden wir nicht!« Und dann schoss er plötzlich pfeilschnell davon. Der Dreispitz flog ihm vom Kopf.

»KATZEN!«, schrie Dachs entsetzt. »JAGDREFLEX!« Katzenhirne erlauben ihren Besitzern in solchen Fällen nur eine Option: jagen!

Mit einem einzigen Satz legte Zuckererbse die halbe Strecke zurück. Fleckchen schoss in die andere Richtung. Dachs jagte ihnen hinterher. Fischmarder folgte.

In der Nähe des hohen Baums blieb Stinktier stehen. Er zog etwas aus seiner Tasche und warf es Dachs zu.

Dachs fing es auf.

Stinktier machte eine Hackbewegung und blickte HOCH.

Dachs schaute auf das, was er in der Pfote hielt. *Ein Pfannenheber?* Er schaute zu dem Seil, das die Rucksäcke in der Luft hielt. *Mit einem Pfannenheber?* Aber was blieb ihm sonst übrig? Als wenn er eine Axt hielte, biss Dachs die Zähne zusammen und schlug (»HAAaaauuRUCK!«) mit der Kante des Hebers gegen das Seil.

Es konnte unmöglich klappen.

Doch es klappte.

Das Seil war gekappt, in zwei Stücke durchtrennt. *(Mit einem Pfannenheber? Ja, mit einem Pfannenheber!)* Der Pfannenheber steckte im Baumstamm. Dachs ließ ihn los und trat zurück (Es blieb keine Zeit, sich zu wundern.) Das Seil sirrte mit einem *ssssssssssssssss!* in den Baum hoch.

Bei dem Geräusch jaulte Fleckchen laut auf. Zuckererbse schlug ins Leere. Fischmarder duckte sich ängstlich.

Die Rucksäcke stürzten herab.

Dachs' Tragelust schlug direkt neben Fischmarder auf, der entsetzt hochsprang und ausrutschte. Der Abendrot-Abenteurer verfing sich an einem Ast, kippte und der Deckel flog auf – *gerissener Riemen.* Als Erstes kam die gusseiserne Pfanne angesaust, dann die Tüte mit Hühnerfutter, Brezeln und ein Dutzend abgepackte Proviantbeutel. Eine Knoblauchpresse schlug im Boden ein. Eier platzten. Eine Flasche Sojasoße ging zu Bruch. Die Spitze des Blasebalgs spießte den Boden auf, sodass der Blasebalg selbst steil in die Luft ragte. Und dann löste sich der gelbe Rucksack und landete mit einem weichen *Plumps.*

Es entstand eine Pause, gefolgt von einem Klatschen. Dachs schaute sich um.

Fischmarder klatschte in die Pfoten und ein amüsiertes Lächeln flog über sein pelziges Gesicht. *Klatsch-klatsch.* »Netter Versuch! Origineller Plan!« *Klatsch-klatsch.* »War das ein Pfannenheber? Ho-ho. Alle Achtung!« *Klatsch-klatsch-klatsch.*

Dachs schätzte die Situation kritisch ein und wich zurück. Fleckchen und Zuckererbse waren dicht bei ihm – zu dicht! Stinktier war viel weiter weg – da drüben. Dachs wich noch einen weiteren Schritt zurück.

Fischmarders Blick war jetzt böse und stechend. »Die Zeit ist um. Sag mir, was in der Höhle passiert ist.« Er ruckte mit dem Kopf nach vorn und Fleckchen und Zuckererbse rückten auf.

Auch Stinktier kam näher. »Rührt Dachs nicht an!«

»Verschwinde, Stinktier. Geh langsam zurück!«, zischte Dachs ihm zu.

Ein leises Geräusch über ihnen. Das Rascheln von Papier. Und dann: *puuf… Puuf… PUUF…*

PPUUUUUUUUUUUUUUFFFFFFFFFF!

Die Fünf-Pfund-Mehltüte explodierte. Vernebelte die Luft mit fein gemahlenem Weizen. Stinktier war nicht mehr zu sehen. Dachs duckte sich. Fleckchen sprang hinter ihm her. Dachs warf sich herum und bleckte die Zähne.

Plötzlich brach Stinktier durch den Mehlnebel. Er landete zwischen Fleckchen und Dachs, lüpfte den Schwanz und sprühte die Katze gezielt an.

»BAAAAHHH!« Fleckchen jaulte auf und sprang davon.

»Voll in die Schnauze!«, sagte Stinktier und reckte eine geballte Pfote hoch in die Luft.

Der Gestank! *Dieser* Gestank! Dachs musste sich fast übergeben und doch war es der Gestank der Hoffnung. Seine Augen tränten. Seine Schnauze triefte. Aber das alles war nicht wichtig. Er sprang auf die Füße, bedeckte das Gesicht und winkte Stinktier wie wild. »Sprüh Zuckererbse an! SPRÜH SIE ALLE VOLL!«

Stinktier taumelte und hakte sich bei Dachs ein. »Hab ich mal erwähnt, dass Sprühen mich müde macht? Ich muss ein Nickerchen halten.« Und schon sackte er zu Boden.

»Ein Nickerchen? JETZT?«

Doch Stinktier schlief, wo er lag.

Ein fernes Geklingel. Dachs schenkte ihm kaum Beachtung. Er baute sich vor Stinktier auf und dachte: *Ich werde dableiben und Stinktier verteidigen – komme, was da wolle.*

Was kam, war Zuckererbse – mit schwingenden Pfoten. Eine Ohrfeige links! Dachs streifte die Katze mit einer Kralle. Das Geklingel wurde lauter. Zuckererbse hieb gegen Dachs' Hinterpfote. Der schwang seine Schaufelkrallen und roch etwas Minziges. *Minze? In diesem ganzen Stinktier-Gesprüh?* Aber trotzdem – *ja!* – die Luft roch irgendwie frischer.

Ein Schauer lief durch den Körper von Zuckererbse. Die

Katze kratzte wie wild, dann schlug sie nach einem Staubkorn über dem Kopf. Der Minzgeruch wurde stärker, genau wie das Klingelgeräusch.

»Konzentrier dich!«, befahl Fischmarder der Katze.

Keuchend und mit schmerzverzerrtem Blick sah Zuckererbse ihn an, dann warf sie sich auf den Rücken und zuckte krampfhaft.

»Ist das Schlittengeläut?«, murmelte Stinktier hinter Dachs.

Dachs schaute. Der Waldboden schien sich zu bewegen. Nein, Moment. Es waren Massen von etwas – nein, von *jemandem*. Sie wanderten über den Waldboden. War das Grünzeug, das an Schwänze befestigt hing? Dann verstand Dachs.

»KRATZ!«, schrie er. Kratz führte den Rattentrupp – Hunderte und Aberhunderte von Ratten – über den Lagerplatz Nummer 5. Sie hatten sich Glocken und Grünzeug an die Schwänze gebunden. Einige trugen Baseballkappen mit der Zahl 73.

Kratz hob eine Pfote zum Gruß. »KATZENMINZE! VIEL GLÜCK.«

»DU HAST WAS GUT BEI MIR!«, schrie Dachs zurück.

Kratz schlug mit dem Schwanz nach Fischmarder. »MACH DICH AUF EINEN BRIEF VON DER RAPSIG GEFASST.« Dann verschwand Kratz inmitten der Rattenzunft 73 aus dem Blick.

Zuckererbse machte einen Buckel und jagte (»MIAAAHRrr!«) hinter ihnen her.

Die Katzen waren fort.

Dachs stieß einen erleichterten Seufzer aus. Es war geschafft. Er sah seinen Vetter an. »Ich hab deinen Dinosaurier nicht. Geh nach Hause, Fischmarder.«

Und damit drehte sich Dachs zu Stinktier um. Der schlief, wo er niedergesackt war – mit halbgeöffnetem Mund. Dachs zerrte Stinktier in eine bequemere Lage.

Aber Fischmarder ging nicht. Fischmarder rührte sich nicht vom Fleck. Er stand hinter Dachs und fing an, auf ihn einzureden: »Was sieht sie bloß in dir? Wieso hast ausgerechnet du das Backsteinhaus bekommen? Du bist barsch, du bist übellaunig. Wo ist der Charme? Wo ist der Schwung? Weißt du, wie viele Steine *ich* gefunden hab? Steine von echtem Wert. Steine, für die Tiere aneinandergeraten! Du hättest die Opal-Ader sehen sollen, die ich im letzten Frühjahr entdeckt habe. Und das ist bloß ein kleiner Teil. Ich kann alles finden. Einen Dinosaurier aufzustöbern ist für mich ein Klacks. Ich bin Schatzhändler. Jeder kennt Fischmarder. Und wer kennt dich, Dachs? Steinforschung! Auf den gewöhnlichsten Steinen herumhämmern – tagein, tagaus. Wieso interessiert Tante Lula sich für so was?«

Dachs hörte zuerst nur das Geräusch. *Klatsch.* Es klang nach dem Werfen und Fangen eines Steins. Werfen, *klatsch.* Fangen, *klatsch.* Plötzlich kam eine Erinnerung hoch – die Familienfeier der Marder. Mit dem Rücken zu Fischmarder, sagte Dachs: »Ich hab das Backsteinhaus nicht *bekommen.* Tante Lula lässt mich und Stinktier bloß dort *wohnen.*« Vor ihm gähnte jetzt Stinktier und rollte sich zu einer Kugel zusammen.

Klatsch, hörte Dachs.

Er stand auf und drehte sich um.

Der Spinnenaugen-Achat lag in Fischmarders Pfote. Wirbel und Augen! Dunkle, verborgene Tiefen! Dachs starrte erst ihn und dann mit einem völlig verwirrten Blick Fischmarder an. »Du hast ihn die ganze Zeit gehabt? Warum? Du magst doch gar keine Achate.«

Fischmarder zuckte die Schultern. »Warum nicht? Ich hab ihn, du nicht.« Er warf Dachs einen Blick zu. »Willst du ihn?«

Dachs wollte ihn unbedingt. Ihn noch einmal in seinen Pfoten spüren? In ihn hineinsehen und sich die Geburt des Planeten Erde vorstellen? Sein Spinnenaugen-Achat war der Stein, mit dem alles angefangen hatte! »Das ist *mein* Stein. Ich hab ihn gefunden. Gib ihn zurück!« Dachs streckte die Pfote aus.

Fischmarder schloss die Pfote um den Achat und versteckte ihn hinterm Rücken. »Erzähl mir, was passiert ist, nachdem das Dynamit losging. Wo ist das Huhn? Sag's mir oder du siehst deinen Achat nie wieder.«

Dachs wusste, dass er eigentlich keine Wahl hatte. Augusta

verraten – *und* die anderen Hühner *und* den Dinosaurier – für einen Achat? Er wusste, es durfte keine Frage sein, über die er auch nur eine Sekunde nachdachte! Aber Dachs wollte den Achat wiederhaben. Er hatte den Achat schon so lange gewollt. Es war sein Stein für den Buchstaben *A* – und das würde er immer bleiben.

»AaaaaahhHHH!«, stöhnte Dachs mit zusammengebissenen Zähnen.

Und genau in dem Moment hörte er etwas hinter sich. »Umpf. Uhm.« *Stapf, stapf.* »Uhm.«

Stinktier! Stinktier klang erschöpft, aber er war da, er war direkt hinter Dachs. *Ich bin nicht allein. Mein Freund ist bei mir.*

Stapf. Der Boden zitterte. »Uuuummpf.«

Ja! Zusammen sind wir stark! In seinem Rücken spürte er, wie Stöße schlechten Atems durch sein Fell fuhren – und dazu eine sengende Hitze. *Die Hitze kommt von meinem Freund, der dicht hinter mir steht!* Dachs straffte die Schultern. Er stellte sich gerade hin. Er streckte die Brust raus. »Uns beide besiegst du nicht, Fischmarder!« Und dann sagte er endlich, was gesagt werden musste: »Behalt du deinen Achat. Ich behalte meine Freunde.«

Die Reaktion kam schnell. (Und war so befriedigend!) Ein Blick voller Angst tauchte in dem Gesicht von Fischmarder auf. Er jaulte auf, stürzte zu Boden und kroch dann rückwärts.

Dabei fiel ihm der Achat aus der Pfote. Fischmarder rappelte sich auf, zeigte auf Dachs und sagte: »Die Geschichte ist noch nicht zu Ende. Du und deine Freunde, ihr werdet noch von mir hören.«

Und mit einem letzten Blick zurück jagte Fischmarder fort in den Wald.

Der Bär sprang über Dachs hinweg und landete *(rumms).*

»BÄR?«, sagte Dachs. Auch Bären hatten einen Jagdreflex! Dachs rief hinter Fischmarder her: »NICHT RENNEN!« (Schließlich war er ja trotzdem sein Vetter.) Doch es war schon zu spät: Fischmarder floh in vollem Tempo.

Der Bär verfolgte ihn noch mit zwei, drei Sprüngen, dann blieb er stehen. »Hmpf! Hmpf!«, schnaufte der Bär.

Fischmarder lief weiter.

Der riesige Schädel des Bären schwang herum und betrachtete alles, was unter dem Baum lag, dann kam er zurückgetrottet. *Stapf-a, stapf-a, stapf.*

Dachs kroch rückwärts und stolperte über Stinktier.

Der rieb sich die Augen und fragte: »Hab ich irgendwas verpasst?«

Dachs zeigte mit der Pfote.

Rumms. Der Bär setzte sich hin.

»OH«, sagte Stinktier.

Stinktier und Dachs beobachteten, wie der Bär den gelben

Abendrot-Abenteurer in die Luft hob und schüttelte. Etliche Müsliriegel, ein Kirschentkerner und ein Sandwich-Grill fielen heraus. Der Bär warf den Rucksack zur Seite und schob seine Schnauze in einen Proviantbeutel.

»Hmm. Humus.«

»SEHR groß. BÄREN. Riesig«, sagte Stinktier mit piepsiger Stimme.

Dachs konnte dazu nur nicken.

Sie ließen den Bären unter dem hohen Baum zurück, wo er auf der geplatzten Mehltüte saß und Sandwiches aus den Proviantbeuteln verschlang. Eine Flasche scharfe Chili-Soße, eine Tüte Rosinen, drei Zwiebeln und ein aufgeplatzter Kürbis lagen noch dicht bei den Hinterläufen des Bären. »Schönes Bären-Büfett«, sagte Stinktier.

Dachs fand den Spinnenaugen-Achat. Er hob ihn auf und hielt ihn in seinen Pfoten. Dann streckte er ihn in die letzten Strahlen des Sonnenlichts und stellte sich (»Ha-ha!«) die Geburt des Planeten Erde vor. Er zeigte ihn Stinktier.

»Das ist echt sehenswert!«, sagte Stinktier.

Ja, den Spinnenaugen-Achat in der Hand zu halten, brachte Erinnerungen zurück. Doch dann trug Dachs seinen Achat zum Ufer des Endlos-Sees.

»Bist du sicher, dass du das wirklich tun willst?«, fragte ihn Stinktier. »Das ist doch der beste Achat, den du je gefunden hast. Er ist der Stein für den Buchstaben *A* an deiner Ruhmeswand. Wär doch traurig, wenn du es hinterher bereust.«

Dachs rollte den Spinnenaugen-Achat in seiner Pfote hin und her und seufzte. Die Wellen des Endlos-Sees schlugen wuschhhhhh-wuschhhhhh an den Strand. »Arrr! arr-arrr«, rief eine Möwe. »Ar-ar-ar.«

Dachs schaute auf seinen Achat und sagte: »Aber wenn ich es nicht tue, werde ich immer Angst haben, dass ihn mir

Fischmarder wieder klaut. Ich werde mein Leben damit zubringen, ihn vor Fischmarder zu verstecken. Ich muss jedoch Wichtige Steinforschung betreiben. Wie soll ich mich konzentrieren, konzentrieren, konzentrieren? Und was ist, wenn Fischmarder ihn tatsächlich wieder klaut? Vielleicht entscheide ich mich nächstes Mal für den Achat und nicht für meine Freunde. Dieser Achat hat mir viel Gutes gebracht. Wo wäre ich ohne ihn? Doch jetzt muss er dorthin zurück, wo er hergekommen ist.«

Stinktier dachte einen Moment drüber nach, dann lachte er.

»Ha, vielleicht findet ihn irgendwann ein anderer junger Dachs und wird auch ein Forscher Wichtiger Steinforschung.«

»Ja, genau. Ha-ha!«

Und dann warf Dachs den Spinnenaugen-Achat mit voller Kraft zurück in den Endlos-See.

Der Achat flog hoch.

Der Achat sank herab.

Ka-PLOOSCH!

15. KAPITEL

Am Donnerstag wachten Stinktier und Dachs in ihren eigenen Betten in Tante Lulas Backsteinhaus auf. Es war schon spät. Bis sie fertig gefrühstückt hatten, war es bereits drei Uhr nachmittags. Das heißt, es war vier Uhr, als sie die Haustür öffneten und den gelben Rucksack fanden, der an die Mauer gelehnt stand. Er war ordentlich gepackt.

Auf dem Rucksack lag eine Visitenkarte. Dachs hob sie auf und las:

> **DIE WANDERMUSCHELN**
>
> UNTERSCHÄTZ NIE DEINE ÖRTLICHEN MUSCHELN!
>
> ***STEINIGES UFER, ENDLOS-SEE***

Zwei Schalen, die mit einem Gelenk verbunden sind? Wie kann das sein? Vernünftigerweise sagte er den Satz nicht laut.

Im Rucksack fand Stinktier nahezu alles, was er am Lagerplatz Nummer 5 zurückgelassen hatte. In der Tat schien er absolut nichts zu vermissen außer das, was aufgegessen wurde. »Mein Dreispitz und … der Pfannenheber! Wie haben sie denn den Pfannenheber aus dem Baumstamm gekriegt? Er bog ihn hin und her. »Dünn und biegsam. Ein Pfannenheber für die Ewigkeit!« Er steckte ihn mit einem Grinsen ein. »Wandermuscheln sind einfach die Besten!«

»Ähem.« Dachs räusperte sich. »Glaubst du, du wirst den gelben Rucksack noch einmal brauchen?«

»NEIN«, antwortete Stinktier energisch. »AUF KEINEN FALL. Von wegen ein Rucksack passt auf jeden Rücken. HA! Darauf fall ich nicht noch mal herein.«

»Dann würde ich ihn dir gern aus den Pfoten nehmen«, sagte Dachs schnell.

Stinktier sah ihn an, als wenn er verrückt wäre, doch schließlich überlegte er. »Du kannst ihn haben!«

Also nahm ihn Dachs. »Danke. Hab tausend Dank!«

Ein Rucksack von Dachsen für Dachse geschaffen, dachte er, als er ihn hoch in sein Steinezimmer trug.

Am Freitag knetete Stinktier nervös die Pfoten und sprang mit leisem Stöhnen durchs Haus. In zwei Tagen war Sonntag. »Es wird ein Sonntag ohne die Literaturbeilage der *Hühnerfurter Rindschau* werden. Das ist ein großer Verlust, aber was soll ich machen? Mr O.W. Igel!« Er nickte vor sich hin und tapste die Treppe hinab.

Das brachte Dachs auf eine Idee.

Am nächsten Tag, also Samstag, ging Dachs zur Buchhandlung Hühnerbücher und bestellte ein Abo für die Sonntagsausgabe der *Hühnerfurter Rindschau.* Er setzte seinen eigenen Namen ein. »Dachs«, sagte er laut und mit deutlicher Betonung. Er hatte ja schließlich keine »frühere Abmachung« mit Mr O.W. Igel, deshalb würde der Igel die Literaturbeilage auch nicht rausnehmen. Dachs gab seine Adresse an: Ms Lula P. Marders Backsteinhaus in Norddrill. *Das wird eine Überraschung*, dachte er lächelnd.

Am nächsten Morgen knallte Stinktier Dachs eine Schüssel halb gekochter Haferflocken auf den Tisch, dann warf er sich grummelnd auf seinen Stuhl. Er mühte sich, den Kopf zu heben und Dachs anzusehen. »Ich hab keinen Hunger. Ich will nicht lesen, nicht Karten spielen oder zu Hühnerbuch gehen.

Ich will auf dem Bauernmarkt keine neuen Tiere kennenlernen. Einkaufen? Wie könnte ich jetzt Obst und Gemüse auswählen? Ganz ehrlich, es gibt so vieles, was ich nicht tun will, dass es einfach nichts zu tun gibt.« Er sah Dachs mit großen Augen an. »Nichts!«

Stinktier legte den Kopf auf den Tisch.

Dachs brauchte eine Weile, bis er merkte, dass Sonntag war. Die Sonntagsausgabe der *Hühnerfurter Rindschau*!

Dachs lief zur Haustür und öffnete sie. »A-ha!« Da war sie ja! Auf der Treppenstufe lag eine in braunes Papier eingeschlagene Zeitung. Dachs schnappte sie sich und rannte zurück. Er warf sie – *wumms* – auf den Küchentisch.

Stinktier hob den Kopf. »Was? Wie? Dachs!« Stinktier grinste. Er riss das Papier ab und die Zeitung klappte auf. Er breitete sie auf dem Küchentisch aus und durchwühlte sie. Stinktier brummelte leise vor sich hin, während er ganze Teile der Zeitung zur Seite warf: »Kunst und Freizeit … Mode … Wochenrückblick … Sport … das Magazin. Wo ist sie?« Er wurde blass unter dem Fell. Dann ein leichtes Nicken. »Ich schau noch mal, aber diesmal langsamer.«

Dachs hielt die Luft an und sah Stinktier zu, wie er jeden Zeitungsteil aufschlug und Seite für Seite durchblätterte … bis zur allerletzten.

Stinktiers Augen schossen umher. Er murmelte vor sich hin:

»Das ist genau das, was immer passiert. Es ist *jedes* Mal das Gleiche. Mr O.W. Igel! Die Literaturbeilage der *Hühnerfurter Rindschau* FEHLT.«

Stinktiers Kopf sank in seine Pfoten.

»Das ist *mein* Abo!«, knurrte Dachs. »So geht das nicht!«

Stinktiers Stimme erhob sich monoton vom Küchentisch. »Die Literaturbeilage wird sich finden – *irgendwann*. Unter dem Rhododendron. In der Recycling-Tonne. Hab ich den Stiefel ohne Zehenspitze erwähnt?«

Das hatte er.

Dachs stürmte zur Haustür, riss sie auf und –

Tja, was nun?

Alles sah aus wie immer. Morgendliche Tautropfen funkelten auf der Wiese gegenüber. »Wiep-wiep-wiep-wiep-wiep«, rief ein roter Kardinal. Nichts fehlte, außer das, was fehlte.

Dann hörte es Dachs plötzlich: *Knitter. Schnapp-schnapp! Knitter-knitter!*

Dachs schlich *tip-klack, tip-klack* mit gespreizten Krallenpfoten zum Rand der Treppe, beugte sich vor und sah die Hecke. Durch das Grün hindurch erkannte er roten Schottenstoff und eine Quaste.

Dachs kehrte mit einem kleinen Igel in die Küche zurück, der eine rote runde Schottenmütze trug. Dem Igel stand zudem die Schamesröte im Gesicht. Dachs gab dem Igel an der

Tür einen Klaps und verkündete: »Die Literaturbeilage ist gefunden.«

Mit gesenktem Kopf tapste der Igel, tap, tap, tap durch die Küche, kletterte auf einen Stuhl und legte die Buchbesprechungsseiten auf den Tisch. Er sah Dachs an. »Tut mir leid. Ich dachte, wir hätten eine Abmachung.«

Stinktier schnaubte. »Abmachung? Wir und eine Abmachung? Wann haben wir etwas abgemacht? Ich erinnere mich nicht, Ihnen erlaubt zu haben, meine Literaturbeilage zu nehmen. Aber wir waren uns ja noch nie einig.«

»Oje.« Der Igel wand sich in die eine, dann in die andere Richtung. »Hm! Ja, stimmt schon.« Dachs wand sich innerlich, als er ihn beobachtete.

Stinktier beugte sich vor. »Warum tun Sie das eigentlich? Warum nehmen Sie immer die Buchbesprechungen raus, ohne zu fragen?«

Mr O.W. Igel zupfte nervös an seiner Mütze und sah Stinktier an. »Zuerst hab ich mir gedacht, ich leih sie ja nur aus. Ich hab die *Hühnerfurter Rindschau* sauber eingeschlagen auf dem Gehweg liegen sehen und mir gesagt, schau nur kurz in die Literaturbeilage rein und dann legst du sie schnell zurück. Aber das Zurücklegen erwies sich als schwierig.«

Stinktier nickte wissend. »Pfotenabdrücke auf dem braunen Schutzpapier!«

Mr O.W. Igel betrachtete seine Pfoten und schob sie schnell in die Taschen. »Danach hab ich gedacht, Sie wüssten Bescheid und hätten nichts dagegen.« Als er weitersprach, redete er immer schneller. »Ich bin zur Haustür hoch und hab die Zeitung aus der ›Eingelegte Pfirsich‹-Dose geholt…«

»…und danach unter den Rhododendron gelegt«, warf Stinktier ein.

Mr O.W. Igel wurde rot unterm Fell und die Worte sprudelten nur so aus ihm heraus: »Schließlich hab ich mir gedacht: Stinktier hat nie was gesagt. Dann ist das wohl eine unausgesprochene Abmachung. Aber um diese Zeit gingen unverhofft so viele Wassersprenger los, dass ich die Literaturbeilage jedes Mal in einen –«

»Dass Sie sie jedes Mal in einen Stiefel ohne Zehenspitze gesteckt haben!«, sagte Stinktier.

»Ja«, antwortete Mr O.W. Igel mit einem letzten Nicken.

Stinktier seufzte schwer. Er sah Mr O.W. Igel an (der jetzt auf seinem Stuhl zusammengesackt war) und meinte: »Ich hätte was sagen sollen. Dann wär die Situation schneller geklärt gewesen.« Er neigte den Kopf in Dachs' Richtung. »Du hattest recht. Ich hatte wirklich nicht alles versucht.«

»Ja«, antwortete Dachs, der nicht wusste, was er sonst hätte sagen sollen.

Mr O.W. Igel setzte sich aufrecht. Er sah Stinktier an. »Es

war falsch, die Beilage zu nehmen! Ich entschuldige mich dafür, Stinktier. Ich werde die Bücherseiten nie mehr herausnehmen.« Der Igel nickte vor sich hin. »Die Literaturbeilage ist eine Schwäche von mir. Ich verschlinge Buchbesprechungen mit dem gleichen Genuss wie die Bücher selbst. Aber das hört HIER UND JETZT auf.«

Stinktier starrte ihn an. »Ehrlich? Sie genießen Buchbesprechungen genauso wie die Bücher selbst?«

Mr O.W. Igel blinzelte zu ihm hoch, als wenn er überrascht wäre, Stinktier dort sitzen zu sehen. »Ja. Aber es entschuldigt trotzdem nicht mein Verhalten. Es wird nie wieder vorkommen.«

Stinktier beugte sich zu ihm hinab. »Es ist der Kitzel der Jagd. Manchmal findet man einfach das ideale Buch für die nächste Lange Nacht der Geschichten.«

Die Augen des Igels wurden groß. Er nickte heftig. »Manchmal reicht es schon, sich die Freude nur *vorzustellen*, die man beim Lesen von diesem oder jenem Buch empfinden würde.«

Stinktier schlug mit der Pfote auf den Küchentisch. »Ganz genau!«

»Und diese Rinder!«, sagte Mr O.W. Igel aufgeregt. »Die verstehen es wirklich, Bücher zu besprechen. Rinder sind so voller Leidenschaft, was Bücher und Lesen angeht. Rinder schreiben mit Stil, Originalität und Witz.« Er hob eine Pfote. »Und Rinder begründen ihre Vorlieben und Abneigungen so, dass man ihre Kritik nachvollziehen kann, was einem die Möglichkeit gibt, auch mal nicht ihrer Meinung zu sein.« Mr O.W. Igel zog jetzt eine Augenbraue hoch. »Rinder haben einfach Respekt vor ihren Lesern.«

Stinktiers Kinnlade stand einen Augenblick offen, dann sagte er: »Ha! Ich dachte schon, es läge an ihrem Stiernacken, in dem die Intelligenz sitzt – Sie wissen schon, sich konzentrieren.«

Mr O.W. Igel zuckte verschwörerisch mit den Schultern. »Kann nicht schaden.«

»Sie schätzen die Literaturbeilage genauso wie ich!«, rief Stinktier aus.

Es entstand eine Pause, in der er und der Igel sich nur grinsend ansahen.

Mr O.W. Igel tätschelte den Tisch. »Tja, dann viel Spaß damit.« Er kletterte vom Stuhl und wollte gehen, blieb aber noch einmal stehen. Er wühlte in seiner Tasche und zog ein quadratisch gefaltetes Zeitungsblatt raus. »Seite zwölf, unten links.« Er legte das Blatt auf die Sitzfläche des Stuhls und sah zu Stinktier hoch. »Noch einmal – Entschuldigung.«

Er warf Dachs einen Blick zu und ging.

»Mr O.W. Igel!«, rief Stinktier. »Mögen Sie vielleicht einen Birnen-Ingwer-Muffin? Ich will nämlich gerade welche backen.«

Und so begann es. Von da an kam Mr O.W. Igel jeden Sonntag zum Frühstücken und für die Literaturbeilage. Es gab Regeln: Die Literaturbeilage blieb auf dem Küchentisch. Etwas rauszureißen war untersagt. Leidenschaftliche Diskussionen über Bücher waren dagegen äußerst erwünscht.

Mr O.W. Igel war nicht der einzige Besucher an diesem Sonntag. Am Nachmittag hörte Dachs, wie Stinktier im Garten zu jemandem sagte: »Ich glaube nicht. Dachs wird das gar nicht gefallen. Es war schon schwierig genug, als ich eingezogen bin.« Dachs stand auf und sah nach. Stinktier sprach mit Kratz.

»Dachs wird was nicht gefallen?«, rief er, als er heraustrat.

Stinktier drehte sich mit gequältem Gesichtsausdruck um.

Kratz trat vor. Ihre Pfote lag auf dem Kopf einer winzigen Ratte.

»Das ist Zeno«, sagte sie. Zeno sprang auf Dachs zu und tippte ihm ans Schienbein.

Dachs schaute nach unten.

»Du hast einen Steinpolierer.« Die winzige Ratte sah erwartungsvoll zu ihm hoch.

Plötzlich sagte noch eine andere Stimme: »Du hast einen Steinpolierer.« Eine zweite winzige Ratte sprang nach vorn.

Ihre Augen waren weit aufgerissen vor Neugier. »Kann ich ihn sehen?«

Kratz schaute die zweite winzige Ratte an. »Es heißt ›darf ich‹, nicht ›kann ich‹.« Kratz grinste Dachs an. »Und das ist Zephir. Du musst sie unterrichten, solange es geht. Zeno und Zephir sind vor Kurzem, äh, zu Waisen geworden.«

Dachs seufzte und blickte Kratz an. »Du hast was gut bei mir«, sagte er, die Worte wiederholend, die er Kratz am Lagerplatz Nummer 5 zugerufen hatte. »Danke, dass du neulich gekommen bist und mich gerettet hast.« Dann legte er eine Pfote auf Zephirs winzigen Kopf. »Ich hab ernst gemeint, was ich gesagt habe. Aber wenn die zwei groß sind, ziehen sie hier wieder aus. Und ich meine *richtig* aus – nicht hinter die Wände oder unter die Holzdielen.« Dachs schaute zwischen Kratz und Stinktier hin und her.

»Einverstanden.« Kratz warf ihm ihr gelbzahniges Grinsen zu und streckte die Pfote aus.

Dachs schüttelte sie.

Zeno und Zephir blinzelten zu ihnen hoch.

Kratz sah auf ihren Schatten. »Wie die Zeit verfliegt! Ich muss los, weiter scharren.« Dann kniete sie sich vor Zeno und Zephir hin und umarmte beide. »Ich bin in der Nähe, wenn ihr mich braucht. Vergesst nicht, die Rattenzunft 73 hat immer Platz für zwei Spitzenratten wie euch.«

Die beiden winzigen Ratten nickten ernst.

Und dann verabschiedeten sich Kratz und Stinktier und klopften sich gegenseitig auf den Rücken.

Zeno, Zephir, Stinktier und Dachs sahen Kratz hinterher. Als sie den Garten schon halb durchquert hatte, drehte sie sich noch mal um. »Wir machen bald einen Grillabend, okay, Jungs? Auf dass der Dosenkocher mal wieder so richtig qualmt!«

»Ja, genau«, rief Stinktier und wedelte mit der Pfote.

Kratz löste den Haken vom Gartentor und verschwand den Weg entlang.

Dachs spürte, wie jemand gegen sein Schienbein tippte.

»Wo ist der Steinschleifer?«, fragte Zephyr.

Zeno bekam große Augen.

»Ach, kommt doch am besten erst mal rein«, sagte Dachs.

(Am Abend brachte Dachs ein »Betreten verboten«-Schild an der Tür zu seinem Steinzimmer an.)

Am Montag schenkte Stinktier Dachs ein Stück Bernstein. Er drehte den Stein in der Pfote und tippte mit der Kralle auf eine Stelle. »Da ist ein Stück Dinosaurierschale drin. Siehst du es?«

Dachs nahm ihm den Stein ab. »Ein echter Schatz«, sagte er leise.

»Gefällt er dir? Du hast so viele Molltöne auf deiner Ukulele gespielt. Ich wusste gar nicht, dass eine Ukulele so traurig klingen kann.«

»Hab ich das?«, fragte Dachs. Er hatte sie gespielt, als er eigentlich an seinem Artikel über die Große Diskordanz für die Zeitschrift »Der Steinejäger« arbeiten wollte. Er hatte ihm den Titel gegeben: »Kürzlich eine Milliarde Jahre verloren? Ich weiß, wo sie sind«, aber wann immer er den Artikel fertig schreiben wollte, fiel ihm nichts ein. Deshalb hatte er sich die Ukulele geschnappt und Melodien gespielt, die einem in den Sinn kamen, wenn man an ein winziges Huhn dachte, das mit einem Dinosaurier verschwunden war.

Dachs betrachtete den Bernstein in seiner Pfote und merkte, wie er feuchte Augen bekam.

»Er ist perfekt. Jedes Mal, wenn ich ihn ansehe, werde ich an Augusta denken und wie …« Er tupfte sich die Tränen ab und fuhr dann fort: »… wie tapfer und gut und mutig sie war.« Er schwieg wieder und sah Stinktier mit großen Augen an. »Glaubst du, es geht ihr gut?«

Stinktier schaute zu Boden. »Ich hab nichts von ihr gehört. Aber ich glaub schon. Ich hab andere Hühner getroffen (ein Leghorn, ein Australorp mit einem Appenzeller, drei Bassetten

und Larry, den Hahn), aber niemand wollte etwas sagen. Es ist besorgniserregend.«

»Ein Dinosaurier?« Dachs schüttelte den Kopf. »In einem Hühnerstall?«

»Ich weiß«, sagte Stinktier.

Dachs schaute auf den leeren Ständer am Anfang der Ruhmeswand der Steine. Er nahm den Ständer herab, setzte den Bernstein drauf und stellte ihn auf seinen Steinetisch. Dann

sah er zu Stinktier. »Ich möchte ihn sehen, wenn ich meine Wichtige Steinforschung mache – so lange, bis ich weiß, dass es ihr gut geht.«

DIE TAGE VERGINGEN

Aus den Tagen wurden Wochen.

Dann eines Abends (nachdem Zeno und Zefir in ihrem Stockbett verschwunden waren) hörte Dachs jemanden an seiner Schlafzimmertür klopfen. Er öffnete und es war Stinktier.

Stinktier hatte einen Schuhkarton in der Hand. »Der stand auf der Treppe vorm Haus.«

»Ein Hühner-Schuhkarton?«

Stinktier nickte. »Ich hab ihn noch nicht aufgemacht.«

»Ist es …?« Dachs sah Stinktier an.

»Ich hoffe«, antwortete Stinktier. Er streckte Dachs den Karton hin. »Nimm den Deckel ab.«

Dachs nahm ihn eilig ab. In dem Karton fand er zwei Federn – eine winzige orange neben einer langen dürren.

Dachs starrte die beiden Federn an. Er wollte glauben, dass es eine gute Nachricht war, aber verlorene Federn? Verlorene Federn konnten alles Mögliche bedeuten. Dann entdeckte er auf dem Deckel ein paar Striche – oder eher Kratzspuren. Dachs zeigte darauf. »Hat das was zu bedeuten?«

Stinktier untersuchte die Spuren. »Hühnerkrackel.« Er nickte Dachs zu. »Man muss aber ganz genau hinsehen.«

Stinktier nahm ihm den Deckel ab, neigte den Kopf, kniff die Augen zu schmalen Schlitzen zusammen und starrte die Kratzspuren an. Nach einem angespannten Moment zog er ein langes Gesicht. »Argh! Ich schaff das nicht. Es sieht immer noch aus wie ein Haufen Kratzer!«

»Lass mich mal«, sagte Dachs und nahm ihm den Deckel ab. Dann fixierte er seinen Blick auf die Spuren. Er kniff die Augen erneut zusammen. Schließlich neigte er den Kopf und betrachtete sie noch mal von der Seite.

Nichts.

Dachs wollte schon aufgeben, als ihm eine Idee kam. *Wieso nicht?* Er nickte und schaute mit dem linken Auge – plinker-plinker. Dann mit dem rechten – plinker-plinker. Und noch mal mit links – plinker-plinker. Er schloss die Augen. Als er sie wieder öffnete, hatten sich die Striche sortiert. »Ha-ha!«

»Was?«, fragte Stinktier und zog ihn am Ellenbogen.

»Alles ist gut. Da steht: ›ALLES IST GUT!‹«

»JA!«, jubelte Stinktier.

Und beide hüpften und sprangen vor Freude auf und ab.

DANKSAGUNG

Ein paar Quellen müssen erwähnt werden: Huevos Montuleños ist ein Gericht, das ich regelmäßig im Frontera Grill in Chicago esse. Es ist, wie Stinktier sagt, »eines der besten Frühstücke, die je erfunden wurden«, und das einzige Frühstück, das immer wieder in meinen Träumen auftaucht. Dachs' Lied »Äonen« wäre niemals ohne Stephen Marshaks Handbuch *Essentials of Geology. Fünfte Auflage* entstanden. Dachs' Expeditionsausrüstungs-Regeln stammen aus *The Complete Walker IV* (Alfred A. Knopf, 2012). Und schließlich habe ich mich auch noch auf Chris Pellants *Guide to Rocks and Minerals* (Dorling Kindersley, 2002) verlassen, um diese Geschichten zu schreiben. Interessiert an Wichtiger Steineforschung? Dann fang mit diesem Buch an.

Und nun noch ein paar Leute: Danke an alle bei Algonquin

Young Readers und Workman Publishing. Was für ein Team! Es ist 2020, als ich das hier schreibe. Weißt du noch, die Pandemie in dem Jahr? Trotz allem, was die Pandemie diesen Leuten an Steinen in den Weg legte, arbeitete jede und jeder eifrig und mit unermüdlichem Spaß und Einfallsreichtum. Vielen Dank! Auch an Elise Howard, Jon Klassen und Steven Malk. Wie bei den Wandermuscheln verstehe ich nie so ganz, wie ihr das tut, was ihr tut, aber ihr seid einfach die Besten! Und was dich betrifft, Phil: Danke, dass du dieses Projekt (und den Rest meines Lebens) zu so einem Vergnügen für mich gemacht hast!